水调歌头

小乙 著

四川文艺出版社

图书在版编目（CIP）数据

水调歌头 / 小乙著. — 成都：四川文艺出版社，2025.1. — ISBN 978-7-5411-7075-1

Ⅰ.I247.5

中国国家版本馆CIP数据核字第2024WX6328号

SHUI DIAO GE TOU

水 调 歌 头

小乙 著

出 品 人	冯　静
策　　划	周　轶
责任编辑	谢雨环
封面设计	琥珀视觉
内文制作	史小燕
责任校对	段　敏
责任印制	喻　辉

出版发行	四川文艺出版社（成都市锦江区三色路238号）
网　　址	www.scwys.com
电　　话	028-86361802（发行部）　028-86361781（编辑部）
印　　刷	四川华龙印务有限公司
成品尺寸	145mm×210mm　　开　本　32开
印　　张	7.5　　　　　　　　字　数　150千
版　　次	2025年1月第一版　　印　次　2025年1月第一次印刷
书　　号	ISBN 978-7-5411-7075-1
定　　价	48.00元

版权所有·侵权必究。如有印装质量问题，请与出版社联系更换。028-86361796

目录

第一部　斑　斓 /001

第二部　梦　河 /067

第三部　暗　礁 /143

番　外　夏东小传：等待 / 211

　　　　老丁小传：扑腾的鱼 /223

第一部 / 斑　斓

1

慧萍赶到弓平桥,四周已经亮起稀疏的灯火。有个年轻人正站在桥头,眼睛直勾勾地盯着截流闸。闸边堆着几堆烂棉絮,慧萍走过去问:"师傅,请问阿牛在这儿吗?"对方指指桥下,慧萍弓腰,瞅了好一会儿,黑乎乎的河面倏地探出个头,跟皮球一样荡两下。葡萄干似的小眼,招风耳,正是阿牛。阿牛急喘几口气,吐出一口水,呜呜几声。年轻人忙扔去一团棉絮,他接上后,换几口气,又咕咚一声钻水里了。

一年四季,白条河都要维护。有些闸门关不严了,河道管理站就请人下水,往闸底塞棉花。阿牛是哑子,但从小在河边长大,水性好,常帮站里干这活计。四月初的天,早晚还凉,特别是河水,很有些浸骨头。慧萍静静地看着,忍不住打了个寒噤。七八分钟内,阿牛钻出水面好几次。桥上的棉絮用完,他也上岸了。阿牛僵着瘦小的身子,抱臂半蹲着,像受冻的小虾米。年轻人帮他擦干水,换好衣服,递去一瓶歪嘴酒。他猛灌两口,脸色渐渐舒缓,小眼睛也清亮了,这才瞧见慧萍。他打着手势问好,慧萍深吸一口凉气说:"你妈在医院。"

阿牛怔忡几秒,拉着她就往县中心跑。

快下班时,制水厂的清洁工叶蓉打理清水池面,被软管绊了脚,不小心掉进池孔里。幸好,池里有横柱,挡了一下才跌到底。慧萍从何厂长那里知道情况后,马上跑到芦草村,通知叶姐的儿子阿牛。

赶到医院,叶姐正在急诊室输液。她脑袋微偏着,戴着大口罩,额头苍白,双目微合。阿牛跑过去,握住他妈的手,嘴里发出喔喔唔唔的声音。叶姐睁开眼,目光里透出惊喜,又费力地撑起身子,向慧萍道谢:"主任,不好意思,给你们添麻烦了。"慧萍扶她躺下,示意她好好休息。

慧萍很久没见到叶姐了。或者说,叶姐很久没见过公司总部的同事了。她在制水厂独来独往好些年,几乎被人遗忘。两人怎么也想不到,这次会以戴着口罩的方式见面。隔着口罩,慧萍的声音同样清脆悦耳。她轻声说:"叶姐,要不是疫情,我开年要到厂子拍宣传片呢。还好,成都这边防控得不错,大家都平安。时间过得好快呀,还记得吗,当年你在综合部,大家对你印象特深呢……"

正聊着,医生进来例检。慧萍问:"多久才能恢复?"医生说,叶姐的腿动脉有破裂,多亏骨子硬朗,不然落个残疾。这把年纪,至少要休养一个多月。阿牛听着,眼睛像烧断的钨丝,没了光。慧萍说:"放心,公司会安排人照顾好你妈。"

阿牛依然阴着脸。叶姐啜嚅两下嘴："阿牛，帮我打点水。"

阿牛提着水瓶出门，叶姐攥过慧萍的衣角，红着眼窝说："主任，我老了，我早过退休年龄了，我想让阿牛替我的班，行不？都说了好些年了，拜托你。"

慧萍心里咚了一声。如今，叶姐是劳务派遣工，能延期聘用她，已经算幸运，她哪还有什么资格享受子女顶班的待遇。沉吟少顷，慧萍说："你可能不知道，去年冬至前，咱公司从水务局划给了创投集团。县里要把排水业务交给集团，集团打算让我们运维管理，叫给排水净治一体化改革。公司跟着出台政策，普通员工差五年退休的，中层干部差三年的，动员他们内退。啥意思呢，单位必须补充新鲜血液，需要有知识有文化的年轻人。以前的顶班，不符合现代企业的发展啊。"

其实，慧萍说的事儿，还有个更大的背景——国企三年攻坚改革，这里面涉及劳动用工、收入分配、干部人事一系列制度改革，叶姐是不可能听明白的。慧萍知道，眼下只能"残忍地"打消叶姐多年的盼念，省得她自寻烦恼。可叶姐哪肯甘心，目光诧诧地追问："我只知道去年底，何厂长从苏副总那里领到几个扶贫对象的任务。你说的改革，我……我怎么没听说呢？"

"不久闹腾疫情，改革暂停了。"

"暂停了？"叶姐舔一舔嘴唇，"李总和苏副总以前跟我表过态的。"

慧萍心里晃了晃："你好好养病，等出院再说吧。"

叶姐慢慢闭上眼，病房顿时沉寂。

等阿牛打水回来，一切安排妥帖，慧萍出院门，她才想起给戚总打电话，说了叶姐的情况。戚总回道："明天派安监部的部长小钢炮查一查，该追责的追责。"慧萍顺带提了阿牛的事，戚总想了一下说："劳务公司是派遣工法定的管理主体，没有特殊情况，总部不插手第三方机构的人事问题。不然，那些分厂、分站的清洁工和保安，一旦缺岗或换人，都来托情，没完没了。而且，由我们指定派遣工，出了差错，很难处罚劳务公司。"

挂断电话，慧萍长叹一口气。

2

叶姐住芦草村,离白条河不远。她丈夫是石匠,常年在工地上忙活计。阿牛三岁半时,患病发烧,找蹩脚郎中治,十天半月不见好,折腾来折腾去,命保住了,人却成了哑子。后来,石匠赚到钱,找了新欢,叶姐不想闹腾,便带儿子回到村里。不久,水厂实施技改,要扩充地盘,征了叶姐家两亩多地。叶姐以占地工的身份,到水公司上班了,这算得上她人生第一件幸事。

刚开始,叶姐在综合部打杂。她齐耳短发,长脸,高颧骨,脸颊横着两丝细细的皱纹。大家总觉得她像谁,想了几天,终于对上号——电视剧里的刘姥姥。又觉得她才三十多岁,年龄不适合,就加了个"壮年"作修辞。她听了,笑得皱纹聚一块儿,更像刘姥姥了。叶姐做事上手快,精力十足,每天在员工上班前,她开始干活儿,员工下班后,她继续做。给冬青叶修枝,挥着剪子斜上斜下、快左快右,纺织布匹般利索;擦玻璃窗,把带柄刮子唰地伸开,抹上清洁泡,剃胡子似的拉来拉去，很有匠人范儿；拖楼道不疾不徐，动作行云流水，可以大半天不歇气；满盆子的茶杯，海绵蘸上盐，擦得跟胖小子一样白白净净；清洗卫生间呢，打理得跟茶杯一样洁净。

领过两次工资，叶姐的月薪四百元，只有别人的一半不到。她找劳资员问情况，对方不避讳地回答，岗位价值多大，就拿多少薪水。

劳资员说得没错，叶姐心服口服。但更真实的情况是，当时的水公司薪酬体系很不规范，定员工的工资随意性大。比如，叶姐领的钱，又比其他保洁工高一些。毕竟，占地工属于政策安置，算是有用工指标的人。所以，芦草村的人羡慕死叶姐了。

叶姐呢，觉得自己比上不足，比下有余，心里也满足。她干活更加卖力，还主动给自己加码，做了把长柄鸡毛掸，隔三岔五地清理办公楼顶墙和高柱的蛛网；寄到门卫室的报纸、杂志和包裹，叶姐替保安送到指定的办公室；厂子开会，除开做卫生，她帮着布置会场，搞后勤服务。累了大半年，她的价值得到大伙儿的认可。

那时候，厂子刚技改完，领导就把她调水厂，还做清洁工。叶姐知道，这是对她工作的肯定，浑身更有劲儿了。稍有空闲，叶姐就到工艺区转悠，向工人们讨教制水知识。在沉淀区、过滤池、加药房、消毒车间、清水池之间穿梭，她步子迈得小心翼翼，仿佛脚下的任何地方都可能埋着机关，冷不丁会踩出问题。就拿沉淀区来说，顺着梯架爬上池面，她沿着中间的廊道一路走一路瞧，跟走钢丝一样小心谨慎。四组沉淀池，每组又分几个大格子，有些格子里斜插着空心管，每根有甘蔗大小，拼成一大片蜂巢状。工人告诉她，源水流进这儿，要添加一种叫絮凝剂的液体，把水里肉眼辨不清的悬浮物凝聚在一块儿，让它们沿着斜管沉落在池子底部，排放出去。她说："明白了，那些个悬浮物就是思想不洁净的捣蛋鬼，必须清扫掉。"工人顺着她的话说："水里还有搞破坏的间谍，就是更小的细菌，这要加液氯消毒剂杀死它们。"叶姐听后，很认真地点点头。

年底，叶姐在展板里瞧见厂长带队到成都水厂学习的照片，画面里的平流沉淀池有操场那么大，穿过中间的过道，估计需要大半支烟的工夫。她问工人们："咱们能不能建这么大的工艺池？"对方回道："区县不敢跟市中心比，建大了没用。"叶姐疑惑地问："那我们公司岂不是没法做一流供水企业了？"

在场的人顿时笑开了。

当时，慧萍在综合部做文秘，部长常吩咐她到各部门查岗。有一回，慧萍见叶姐在泵房前，拿着短帚，轻轻地一下下地扫落叶，仿佛地上有宝贝，要偷着扫走。慧萍问："厂子配了长扫帚，干吗不用？"她委屈地说："有交完早班的制水工在值班室休息,长扫帚弄得唰唰响,怕吵醒他们,我都被骂好几次了。别去问啊,不然说我大嘴巴。"说着,有制水工从滤池边走来,目光重重地刮她一下。那以后,慧萍发现叶姐跟人对面撞上,总是跟一片叶子一样贴在墙边让出道,烧水也选在三楼的杂物间,那儿很少有人去。也就是说,她在尽量淡化自己的存在。时间稍久,大伙儿便很少谈论她了。

叶姐再次成为焦点,是翌年初夏。那时候,一把手张总走基层,到水厂搞大调研。叶姐想表现一下,对他提了个建议,说要是在厂子后墙的空地种菜,能给公司节约伙食开支。张总顺势把这差事交给她。她乐颠颠地购回蒜头葱节,还有青菜和黄瓜苗,把空地划成大小几块,分类栽上。天气转热或遇大雨,她生怕干坏蒜苗或浸死葱,周末也来打理。

种菜的事是张老总亲自安排的,厂长自然要表示支持,他就嘉奖叶姐,叫她以后在厂子的食堂吃饭。叶姐听后,脸上霞光绽放,笑得比刘姥姥还萌。在这之前,叶姐和保安一类岗位的员工,都是各自带饭菜。如果要在食堂用餐,得付钱,价格比小餐馆也便宜不了多少。

第一次进食堂,叶姐把盘子盛得满满的,差不多有制水工的两份。厂长提醒她说,不要浪费啊。结果她吃完还添了一团饭。这一来,用餐的时候,职工相互传递眼神,偷偷地笑。叶姐感觉到了这种微妙的气氛,每到中午便搓帕洗桶,磨蹭好一会儿才来,来了也是埋头拘谨地吃,尽量不发出声响。

那年，公司做宣传片，水厂是重头戏。慧萍连接几天在厂子拍照片、录视频，中午便在厂子用餐。有一天，慧萍忙完，上洗手间，听到里面"哎呀"一声，接着传出窸窸窣窣的响动。她走进去一瞧，呛住了：叶姐挽着袖子，手臂探进便盆洞里，费劲地捞着什么。好一会儿，她长舒一口气，站起来，手上握着个杯盖。原来，叶姐给厂长洗茶杯，往便盆倒茶渣，不小心把盖落洞里了。看着她的窘样，慧萍打个了干呕，转身跑到楼上的卫生间了。用完午餐，不见叶姐来食堂，慧萍四处瞅了瞅，她居然躲在办公楼背后，用塑料桶装了消毒剂，给杯子杯盖消毒。

中午，慧萍跟厂长交流完宣传片的事，准备回公司，叶姐怯怯地走进来，把杯子递过去，说："厂长，给你泡的普洱茶哩。"厂长接过来，打开盖儿喝，叶姐突然伸出手，"厂长，你车子沾了好多泥，我帮你擦擦。"厂长很享受地呷一口茶，连说好好好。叶姐洗车时，不时紧张地往厂长办公室瞄两眼。机电维修工见了，就对她说："我们那辆工程车，你有空也帮擦擦。"没想到，洗车从此成了叶姐固定的活儿。

那几年，县里发展快，供水量呼哧呼哧直往上蹿，公司的产值自然高，薪酬几连涨，偶尔也挤牙膏似的给叶姐添几十块，她跟员工们的差距反而更大了，但她再没问过待遇的事。倒是有一回，会计退休，她儿子来单位顶班，做制水工。叶姐问厂长："我退休了，儿子也能来顶班吗？"厂长在心里喊一声:"我不负责人事,你问总部吧。"

在总部,她跟慧萍还算熟络。叶姐抽空真去了,慧萍含糊回道:"会计是老同志,干了二十多年,贡献大。"叶姐扳扳手指,傻眼了。回厂子,她找到厂长说:"领导,我希望多做点贡献呢。有啥活计适合我的,您吩咐就行。"厂长愣一下,笑着连连点头。

隔了几日,厂长把巡河的差事交给了她。巡河比保洁单纯,就是每天到白条河的水源保护段来回走一趟,看看河水正不正常。叶姐是乡下人,还怕走路?她欣然领命,宣誓般地说:"一定把工作做好,争取当先进。"厂长啜着茶,好像水有些烫,笑着硬生生地咽了下去。

3

叶姐摔伤的第二天，慧萍跑了趟水厂。

安监部的邓副部长正在厂子调查叶姐的事故。何厂长支使赵副厂长出面舌战。赵副厂长实诚，没说两分钟，便打算认错伏法。何厂长竖眉瞪眼地说："叶蓉是派遣工，责任在劳务公司。"邓副部长说："叶姐的日常工作，实际由厂子在管。厂长管理失责，同样要追究。"何厂长说："你们小钢炮平日监督到位没有？究不究？苏副总管我，戚老总管苏副总，究不究？"邓副部长说："照你这说法，要究到集团、县长、市长、省长那里？"慧萍听着，暗自好笑。要知道，邓副部长年龄不大，但专业知识强、业务熟。安监部的部长小钢炮呢，他是水一代大钢炮的儿子，跟何厂长都是水二代，人太熟不好下手，这才支小邓来"找碴"。

闹腾一会儿，何厂长表面还钢牙铁嘴，却终究不好太撒野。他骂了句"吃里爬外"，便拉赵副厂长拂袖而去。等小钢炮两人班师回朝，慧萍到何厂长办公室，闲聊好一会儿，见他气消掉不少,才道出叶姐的请求。何厂长说:"她儿子要能来,厂子有两个厨娘年龄同样大了,都让家里人来替换,咋弄?"慧萍心凉了半截,怅然道:"叶姐一时半会儿来不了,保洁员总要人替呀。"何厂长说:"这世界啥都缺,就不缺保洁员,我马上让劳务公司安排。"

事情不难,但总归要花时间。当天,叶姐的岗位空缺,那些制水工和厂子管理员很不情愿地擦着桌子,清理纸篓。盥洗间也站满人,抢着龙头洗拖把。何厂长端着杯子找开水,见院坝的垃圾桶堆出小尖,催促劳务公司尽快派人来。

翌日,人到位了,是本地的一个农村妇女。一摊子杂事,她坚持了两天,不干了。何厂长问:"嫌待遇低?"她说:"活太杂,费心思。我挖野山药,卖一批够吃一两个月。"何厂长不屑地说:"夸张。"

劳务公司又换来个保洁员。对方态度是好,可做了几天,始终不得要领,要么忘记给厂长擦车泡茶,要么绿化做得毛毛糙糙。何厂长天天骂保洁员,叫劳务公司再换人。对方说,我们找不到第二个叶蓉啊。结果,何厂长亲自找来一个杂工,把她的人事关系挂在劳务公司。

慧萍知道后,暗自着急。这次是何厂长亲自安排的人,等叶姐病好了,她这年龄,还有位置吗?慧萍抽空去了趟医院,叶姐精神好多了,只是走路还得护工搀扶。慧萍问什么时候出院,叶姐利索地回道:"快了!"慧萍又问:"阿牛呢?"她叹口气:"他呀,到处打杂,东一榔头西一棒槌。"

慧萍不好继续问下去。

她再次找到何厂长,说了叶姐上班以来的工作表现。她没有煽情,只说这些年要没叶姐,厂子的卫生评比不可能长期得先进。何厂长一直抽烟,大口大口地吐烟雾,罩着自己的表情。他说:"我到厂子的时间不短了,叶姐的情况我清楚。也不瞒你,我哪有工夫找杂工,是白条河管理站耳朵灵,昨两天跑来给我推荐人,我不好拒绝。"慧萍说:"请神容易送神难啊。"何厂长把烟头摁灭,说:"叶姐出事,是因为厂子忘了给池子盖上锁,我有责任。但叶姐五十老远的人了,早过了退休年龄,总不能让劳务公司一直用下去。"

慧萍哑语了。

隔日的中午,天阴阴的,云团像烧成灰烬的棉絮,看得让人心情发沉。慧萍决定去芦草村找阿牛。前些年,慧萍到河道管理站办事,见过他一次。当时,他带着几个小孩子吹肥皂泡玩,又用手在空中贴住一个大泡,慢慢缩回来,放在眼前晃动,泡泡上斑斓的色彩变幻着,乐得孩子们直跳脚。今天到叶姐家,没人,便往河道走,天突然打起小雨点。河堤边有民工在扎沙袋打围堰。慧萍跟他们打探阿牛去向,有个大胡子往芦草村四组指了指。

慧萍跑到那地方,穿过一片葡萄架,见着一个小池塘,旁边是院坝,冷清清的两间农舍对立着,有辆小货车停在那里。

慧萍往车里瞅了瞅，没人。突然，她裤管被什么捞了一下，忙低头，见有个人倏地从车底部钻出来，正是阿牛，头发有些湿，眼里射出几分敌意。看到是慧萍，他目光松软下来。慧萍蹙眉问："在这躲雨？"他打个喷嚏，捡根树枝在地上写了两个名字，又吱吱啊啊比画。

慧萍看了老半天，明白了事情的缘由。原来，旁边的池塘是左边农舍老张的。老张抽塘底积水，顺着果田旁的水沟往渠里排，不小心涝了邻居麻子的葡萄地。麻子要老张赔一年的葡萄收成。双方耗着没结果，麻子就扣下老张的小货车。麻子白天在工地干活儿，怕老张开车跑了，就雇阿牛守着。慧萍问阿牛："守一天多少钱？"他瞪眼伸出四根手指。慧萍又问："你下河塞水闸多少钱？"他眉毛一扬，伸出两手，展开十指。慧萍接着问："平时在工地呢？"他拭拭嘴角的雨水，苦着似的咂咂嘴，变幻着指头数，五根，六根，八根。

雨越下越大，落在地上，响起微弱的爆炸声。慧萍脸上淌下水滴，阿牛不停抽弄鼻子。慧萍拉他走，说："你该多陪陪你妈。"阿牛的手很粗糙，凉冰冰的像石头。阿牛挣脱手，比画：我要等主人回来。然后抹抹脸上的水，准备往车底钻，那样子像极了一只瘦青蛙。慧萍说："你妈想你到水厂干活儿，知道不？"阿牛皱鼻，又盘旋手势：我不想去。我妈很喜欢现在的工作。慧萍说："你自个能在其他厂子找到活儿吗？"阿牛摇头晃手，缩进了车底。

雨又大了些，慧萍只得往回赶。

到公司，慧萍审定好食堂下周的菜谱，又跟俩文秘一块儿分发疫情防控物资，还没结束时，叶姐出现了。她蹒跚地走进综合部说："主任，谢谢您。医生同意出院啦。"慧萍结实吃一惊，回道："你这样子，再扭着腰腿可麻烦呀。厂子已经找人……替着。"叶姐脸一下扭成核桃壳，说："我病真好了！再不来，阿牛的事儿……"慧萍忙说："别急，我再跟何厂长沟通沟通。"

慧萍还真电话联系了何厂长。她说："叶姐在我办公室，她想回厂子。"何厂长打断道："不给你说过了吗？意见也统一了。"慧萍半张着嘴接不上话，叶姐眼角聚着皱纹看慧萍，目光颤颤的，她一下提高嗓门说："住院耽误的活儿，我补回来。"慧萍说："已经有人替了啊。"叶姐说："那我就扫扫院坝，再不就帮食堂打杂。"慧萍说："叶姐，你先回家歇一天，我明儿回个准信给你。"

叶姐犹豫一会儿，连声道谢地离开了。

快下班时，赵副厂长直奔综合部，问慧萍："主任，叶姐回来了？"慧萍点点头，他眼一亮："回来好。"慧萍纳闷着，他笑道："下午苏副总说，县里在逐步恢复景点，让各单位出人手，协助疫情防控，水厂那边的望天山健身步道是重点。何厂长表了态，厂子派人去保洁。"慧萍马上问："是叶姐吧？"小赵说："对！苏副总钦定的。往年城乡环境整治对口援助,她去过那儿两次,评价挺好的。苏副总还说,五一节前,县里要评志愿者服务标兵,没准公司能拿到一个名额呢。"慧萍扑哧一笑:"看起来,关键时候还是没人能顶替叶姐,辞退她的事,你要想仔细呀。"

小赵支吾道:"明白,再说吧。"

有了苏副总的吩咐,翌日一大早,叶姐带着扫帚和垃圾桶去望天山了。下午五点过,叶姐回来了。她先到河道边巡了一圈,然后夹着一根绑有竹竿的软扫帚对何厂长说:"厂长,该大扫除了,我怕新来的人不熟悉情况,忘做这活儿。"说完,摇晃着上楼梯,望望天花板,瞧瞧墙角,从衣兜里掏出布罩戴在头上,举起扫帚,轻轻地拂动起来。有小灰团落下来,她赶忙侧一下身。

接连几日,叶姐傍晚都回厂子,抹布沾上清洁剂,把会议室和卫生间的地砖洗得光亮亮的。那天下雨,叶姐没法上山。她跑到公司,找慧萍问:"主任,我儿子的事,您跟何厂长说过了吗?"慧萍吞吐道:"你腿刚好……先把厂子交办的任务做好吧。"叶姐又说:"我儿子保证没问题,公司是嫌我贡献不够吗?"

"贡献不够?"慧萍什么都明白过来了,她快速记忆倒带,脑子轰轰响起来,像有蜜蜂在飞。半晌,她回道:"改天我再帮你问问。"

过了两日,总部通报了叶姐安全事故的处理。何厂长被扣掉半个月的绩效奖,取消他今年评先选优的资格。慧萍不问也能猜到,何厂长够生一阵子闷气了,哪还敢找他说叶姐的事呀。

叶姐的嘱托只能暂时搁在一边。

4

汤大拿是制水工，轮岗十二小时，休息一天半。交班后走人，与世无争、百事不忧。每次值夜班前，他会在家里给慧萍备好晚餐。今儿，炉灶上温着青椒回锅肉，外加三鲜汤。慧萍回到家，揭开锅盖，香气热腾腾地扑出来，把她整天的疲惫驱走一大半。

在家里用餐，慧萍有个习惯，喜欢一边咂品，一边点开手机QQ音乐，听邓丽君、费翔、齐秦那个时代的经典情歌。如此一来，一个人的餐食就有了仪式感和热闹感。这会儿，菜足饭饱了，她猛然觉得有哪里不对劲儿。脑子飞快运转一下，这男人昨晚是夜班，现在应该休假呀。她赶忙查了查汤大拿的QQ运动。他要是上班，计步数四千多；休假呢，一千左右。几年前，这男人发胖了，喜欢隔三岔五到望天山徒步，计数值多在一万五以上，常常能得到亮闪闪的奖牌，风头十足。轮休的晚上，他几乎都蜷在书房，一杯清茶一包烟，在电脑上看看小说溜溜网。烟缸里插满烟头，房间里随时能闻到烟味。总之，他的计步数就在这三个值阶跳动,跟交通灯的红绿黄一样,简单而有规律。

慧萍打心眼里感激腾讯公司,这相当于送了她一只千里眼,可以不动声色地掌控老公的动向。偶尔,"交通灯"出意外,她就声东击西地问:大拿,今儿出门了吗?老公,刚上班回来呀?汤大拿从来都如实交代。进了一趟城啦,厂子的同事约着聚餐啦,逛书店啦,均有证可考。他还说:"我的计步圈里,好多人给我点赞哩,你有空也帮我顶顶喽。"慧萍叹道:"我单位上的事都忙不过来,哪有工夫陪你瞎胡闹。"

慧萍说的是大实话。综合部管天管地管空气,包罗万象看不见,从来都是活计多、人手紧。办公室六个卡位,这些年从没有坐满过。正如现在,员工加慧萍,总共只有五人。马晓婷、李悦悦是文秘兼劳资员,算部门的顶梁柱;另一名驾驶员兼搭后勤事务,可大部分时间被这个部门、那个领导唤去开车;还有个年轻小伙儿,被临时借调到集团党办帮忙,至今有借无还。空着的卡座,虚位以待,但没一个人愿意来。慧萍每天上下协调、左右沟通,很多事必须亲力亲为,加班就像吃便饭。遇到加急任务,没准忙到深夜,软成一团烂棉花,嗓子哑成鱼吐泡。即便如此,她也从心底热爱这份职业。这么多年来,她累并快乐着,她喜欢跟员工们交流互动,享受一件件事儿从备忘录里删掉的满足感。如果一定要说有什么挫败的地方,它来自马晓婷。

戚总刚上任不久，召集中层干部调研工作，结束后AA制聚餐。餐桌上，大家传眉递眼，也不怎么说话，气氛有些沉闷。见状，戚总食指一举说："谁来开第一炮？"工会主席站起身，端着酒杯走过去，说："戚总，我来说两句。经常遇到您在旭星厂的同事，他们啊，一提起您，都夸您……"戚总嘴一努："现在讲实战，不说套话，先开炮！"主席一愣，马上把酒干掉。戚总"嗯"一声，杯凑嘴边，不紧不慢地喝下去。接着，苏副总和另几名中层干部陆续敬酒献辞，全是奉承的话，他如法炮制。轮到慧萍的时候，美言被别人抢得差不多了，就顺口一句："戚总，啥时候专门来调研办公室呀？你对绿化要求那么高，下一步怎么弄，需要你拿主意呢。"戚总仰脖一饮，嘴唇都没抿一下，杯空了，杯口朝下，向大家展示一圈。散场后，慧萍扶送他上车，说："戚总，以后少喝点呀，要注意身子。"他醉醺醺地对慧萍低声道："我初来乍到嘛，喝多了些，出丑了。不过，这种场合是洞察人的另一种方式。说真的，今天就你的敬酒辞，实在……最实在，说到点子上了，好！"

戚总酒后吐的真言，让慧萍高兴了好些天。她趁热打铁，接着买了盆罗汉松，唤上小马，一块儿搬到老总办公室。罗汉松古朴苍劲，耐寒抗热，符合他的年龄和气质嘛。不料，戚总端详一会儿，举起食指说："换一盆。"慧萍愣怔住了，小马却眨眨眼说："换成万年青，行不？"戚总一下笑眯眼地说：

"年轻人脑子活泛啊。"慧萍更加尴尬了。

就因为这件不起眼的小事,戚总从此对小马比较关注。但凡她写的文章,戚总多半要夸奖一番。小马频频受宠,骨子里渐渐生出野心,甚至觊觎着部长的位置。她时常背着慧萍,给戚总报告工作,借机表功。公司提拔干部,小马悄悄向戚总毛遂自荐。戚总婉拒了,但他给慧萍说:"要好好培养马晓婷。"年前传出改革的消息,小马更爱表现自己了。只要戚总加班,她有事没事,笃定待在综合部挣表现。慧萍呢,四十六七的女人,无论比文凭、精力,还是学习能力,都不如这年轻人。在汤大拿的面前,慧萍含蓄地表达过自己的危机感,汤大拿连连点头,说理解。理解归理解,他日子该怎么过还怎么过。就说跑百货大楼买生活用品吧,他跟那些个大爷大妈一样,专门瞄准商家搞优惠活动,排着长队抢购。他有句口头禅:"时间,就是用来浪费的嘛。"

的确,汤大拿的休假多,除开补瞌睡,其他时间很零碎,也干不了什么大事。所以,他乐得做家庭主男。一日三餐,在灶前系着围裙,把锅碗瓢盆玩得叮当脆响;拖地洗衣,放着音乐,吟几句诗:"幡幡瓠叶,采之亨之。君子有酒,酌言尝之。"他还喜欢在慧萍面前炫耀说:"看喏,我能把清清淡淡的日子过成风雅颂哩。"时间稍长,慧萍几乎不下厨了,加之单位食堂包了早餐和午餐,她渐渐丢掉了厨艺。

很多时候,慧萍感觉自己更像个大男人,老公是稚气的小女子。慧萍跟他说话，总是一副语重心长的样子。老公，多学学专业知识吧；大拿啊，工会搞活动，参加参加吧；大拿，不要老当闺女，没事约同事们玩玩吧。每每如此，汤大拿就一溜烟往书房钻。慧萍恨铁不成钢，给汤大拿量身定制了一句口头禅："天下最无药可救的人，就是你。"

现在，汤大拿计数步四千多，正常范围。毕竟，制水工人有时候相互换班，他连着倒两个夜班是有可能的。刚舒一口气，她心头又一紧，不对！四千多是交班以后的数值。他今儿休假，就算晚上替班，也才刚去呀。难道他白天没登山，跑出去跟同事喝茶了？

这样想着，公司三百多号员工，在她脑子里快速闪过一遍。除开她，没有任何员工能记全他们的名字，更别说跟每张脸对上号。慧萍从来没有刻意去背，就是跟大伙儿联系多了，自然而然地装进脑子里。不仅如此，她还能背出所有中高层管理员的手机号，这是别人更无法做到的。她听脑神经专家说过，在每个人的大脑里，掌管记忆力的营养素和DHA含量都不同，因此记忆能力天生就有差别。在她的记忆里，装着与员工们丝丝缕缕的情感，替他们埋藏着太多的期待和遗憾。慧萍常常自问，若不是自己强于常人的记忆，她的人生又将是什么样子呢？

慧萍高中毕业的第三个年头，她在一家电器商场做营销员。那天，听到自来水公司招工，跑去应聘。她清楚地记得，当年公司的办公区是跟四合院一样的布局。主楼砖混结构，三层高，砖墙在晨曦中泛着青光点儿。主楼左侧一排平房，竖挂着白底黑字的标牌，写有"工程队"三个字；右侧两间大仓库，暗乎乎的，工人们进进出出，像从白天走到黑夜，又从黑夜回到白天。

走上主楼，每间办公室都亮着灯，给人一种隐秘的热闹感。慧萍没有东看西瞧，而是一口气走到第三层。她单纯地下意识认为，找工作不容易，总归要爬一段长长的梯步。朝廊道左侧走，两间办公室，门楣有标识，依次是副总经理、总经理。"总经理"三个字让她心里猛跳一下，脚步不由跟过去。门是打开的，一个老头坐在桌前，半白的头发。老头指着一张设计蓝图，跟对面的一名肤色微黑的男子说着什么。慧萍断定，老头是总经理了。看样子总经理心情不佳，他拉着嗓子问男子："黑胖，这根管线怎么直接跨桥底过，谁设计的？"黑胖说："汤总，这是用户的请求，节约造价嘛。"汤总撑道："瞎胡闹。"黑胖咕哝了一句，汤总一拍桌子，说："不管对方是谁，必须绕道走涵洞，规范施工。把电话给我，我亲自跟客户沟通。"

慧萍站在门角边，心里忐忑起来。

等汤总情绪平静后，黑胖这才报出电话号码。汤总板着脸，在笔记本上记了下来。黑胖离开时，汤总一抬头，瞧见了慧萍。慧萍脑子空白了一下。回过神，她硬着头皮走进去，背台词一样说明来意。汤总安静地听,紧绷的表情慢慢舒缓下来。慧萍没那么紧张了,语速不急不慢,声音清脆。汤总突然打断道:"小妹,厂子是在招工,可人员满了,以后有机会再说吧。"

慧萍傻着眼,很不甘心地告辞了。

走到门口,她又想起,汤总不说以后还有机会吗?那应该把简历给他,没准下次就成了呢?杵在原地,她拿不准主意。汤总呢,开始给用户打电话。拨出三个号码后,他把脸凑近本子瞧了瞧,瞧了又瞧,显然第四个数字写得太草率,看不太明确了。汤总起身,走到窗户前,冲院坝唤道:"黑胖,黑胖!"叹口气,朝办公室外面走。慧萍脱口道:"汤总,我……我记得那号码。"不等汤总说话,她一骨碌报出一串数字,然后怯怯地望着汤总。她眼睛大而圆,瞳孔里闪出灵动的光。

汤总皱一皱眉头,霎时松开,问:"你还记得些啥?"

慧萍有点慌神地说:"我……我记得楼道间的标语,创一流供水企业,我们全力以赴;优质供水,真情奉献。"

汤总嘴角一扬:"是优质供水,真情服务,说的是对待用户的态度;真情奉献嘛,指员工应有的表现。"说着,回办公室,继续打电话。

慧萍继续站在廊道等。

不知过了多久,汤总唤她进去。慧萍再次递过简历,汤总又看了好一会儿说:"小慧,你真错过招工时间了。你要愿意,可以来打临工。待遇不高,随时可能解聘哦。"慧萍想都没想,马上嘎嘣脆地应道:"我愿意,我会真情……真情奉献的。"她永远记得,当时的汤总,用眼睛笑了一下,是那种赞许的笑。

就这样,慧萍成了国企员工。这份工作,成为她一生的事业,成就了她的整个人生。从上班到今天,她经历了五届老总。几年前,同事们编了首打油诗:汤汤水命,大余治水,张冠李戴,戚开得胜。几句话,把汤总和后来几位老总串联起来,自来水公司就不知不觉地走过半个世纪的历程。县里的第一座水厂建在碎石坝,归工业局管。厂子生产规模小得可怜,用水量没如今的半个乡镇多。而且,仅在中心城铺有几条主管网,定点设立水桩,老百姓凭票提水。当时,还没有白条河,水源取自厂子附近的九湾河。河水每到洪水季节就泛黄泛浊,制出来的水不清亮。幸好,在那个年代,自来水不是必需品,没人闹意见。

这样一个没有效益,靠着上级资金扶持的小厂子,谁都不愿来当领导。厂长要么由上级的小科长兼任着,要么是行业协会代管。八九年的时间里,走马观花,换过好几个领导。汤总接手后,他是第一个专职厂长。不久,厂子改成公司,因为公司代表市场产物,有与时俱进的含义。汤总由此成为公司的首届老总。

如果说，汤总是慧萍的贵人，汤总的儿子汤大拿，便锁定了她一生的幸福命运。

沉吟间，窗外已经灯火通明，可汤大拿这把"锁"，依旧没回来。这只能说明他在厂子上班。慧萍太了解这个男人了，就算给他十个胆子，他也绝不敢擅自在外面过夜。洗漱前，慧萍在心里说，他的每一分钱，她都牢牢管控着。不乱花销的男人是老实的，是值得放心的。

于是，慧萍放心地一觉睡到天亮。

5

天暗沉沉的，叶姐从望天山回来，比往日早一些，她先去巡河，没走多远，落起毛毛雨。叶姐掉头回走，头上很快铺满一层细碎的水珠，跟孢子一样白。那种白，带着一种被岁月磨砺后的苍灰色。

叶姐径直来到桥廊下避雨。拍掉身上的雨滴，她朝上游打望。河面雾气氤氲，河水冲下来，撞到那些棱尖尖的石头上，立刻被撕成几绺涌动的白，发出机子轰鸣般的声音。一阵凉风卷来，岸边的槐树叶飘到河里，跟波浪一样翻飞。往上瞧过去，有个弯道。桥头到弯道，左岸一百零二个防撞桩，右岸九十个。再朝前，经过八十个桩。至弓平桥，继续走十公里，就穿出了县里的地界。河道的一级水源保护区，她每天巡一次。以前要巡到三级保护区，必须骑单车。车子在黄泥路上颠簸，遇到不通道的地方，就绕着走。她一边把车铃铛摇得清脆响，一边避开一个个坑，拐过一个个弯，老远望过去，仿佛驾着一朵云。河水出现异常了，她就走路，来回寻找污染源。有时候,她甚至跑到入境处的河道口,守在闸门前,观察水质变化,那架势如同侦察女兵,在敌营前打探军情哩。

巡河的过程中,还有一件重要的事,就是河水流进厂子前,要经过源水站里的进水渠。那里有专门的保安值守,而渠里装有钢筋格栅,格栅上的钢齿履带定时转动,把河面的粗渣粒卷到旁边的小厢里。每隔三四个小时,叶姐需要把渣粒打捞走。领导随时来视察,看着就清清爽爽的。捞完渣,转到垃圾间,用火钳刨一刨,确认有没有疑似毒害杂物,比如化学试剂瓶、不明塑料袋,或特殊异味的东西。叶姐从不马虎,每次掏完渣,都要在巡查表里画钩签字,她认为这是评价自己工作好坏的重要依据。

站了许久,叶姐身子一偏,朝对岸望去。依次是菜地、果田、公路、落雀般的房屋、鳞次栉比的高层建筑,接着灰蒙蒙一片,什么也看不清楚了。但叶姐知道,再远处,是自来水公司的总部大楼。要是晴天,楼宇在阳光下闪烁其辉,算城区的一道风景线。她向好多人炫耀过:"喏,那就是我的单位。"如果对方追问她在几楼,叶姐就说:"我工作地点在水厂,离总部十多公里,不过它是公司的心脏,全城一百二十多万的人喝水都靠它哩。"说完,呵呵呵地笑,一脸自豪。

现在,叶姐怎么都笑不出来了,那股自豪劲儿也在动摇。她听到身子里咔嚓咔嚓地在晃动,心里憋得难受。左右环顾,想找个人说说话,偶尔有庄稼汉走过,瞟一眼叶姐,又匆匆赶自己的路，压根儿没搭理她的意思。不是对方跟她不熟，是太熟了，就像看到桥头立着的水源保护标识牌，熟得无话可说。

当然也有例外，那就是邻县大风镇水厂的老李。他们厂子的水源同样是白条河，只是取自河道下游的分支。老李是大风镇水厂的老员工，以前做管道安装，这些年上了年龄，领导就让他在生产泵房抽水，兼顾着巡河。第一年，老李每隔一个月会跨县跑过来，沿河巡一巡。跟叶姐见了面，就问水源的情况。刚开始，老李抽完烟，习惯性把烟头一弹，烟头顺着河岸翻几个跟斗，落入河水中。叶姐嗫嚅嘴，说："老李，你这烟头，怎么往河里扔？你跟我都喝这水呢。"老李眼一睐，跟遇见外星人一样地说："你这是职业洁癖吧？这滔滔河水，别说扔烟头，往里扔个枕头、扔木块都大有人在。"叶姐说："别人扔，我们管不了，咱自己不能扔呀。你说，交警开车能闯红灯不？"老李跷起大拇指，说："妹子觉悟高，高家庄的高啊！遇到妹子，三生有幸。"叶姐笑着撇撇嘴："什么有幸没幸，文绉绉的。老哥跟我算一个行道的人，能帮点忙，不必客气。"老李连声附和，再来找叶姐时，常给她提点水果。

后来，老李巡河的次数越来越少，只是十天半月给她打个电话，问问情况。他说："妹子，河水有啥异常，记得第一时间通知我哦。"又叮嘱道，"我们厂长偶尔会到上游瞧瞧，你要碰见他了，记得说经常见我在巡河啊。"叶姐哭笑不得，但依然照办。

就这样，叶姐一股劲儿地干到四十岁出头。当时，水环境保护越来越受重视，公司评夏季高峰供水的先进，需要表彰在这方面有贡献的基层员工。叶姐巡了五六年的河，又经常打理河道边的卫生，十分契合"主题"，厂子就推荐了她。公司将在各个部门申报的名单里优中选优，确定三个名额，登县报宣传。巡河不是技术活，但凭着叶姐永不消减的工作热情，中选应该十拿九稳。真要成了，不管走到县里的哪个地方，都有回头率。最重要的是，上了报纸，她就是有贡献的员工了，等阿牛再长大些，自己退休了，阿牛可以来顶班呀。叶姐越想越美滋滋，独自一个人的时候，都能乐成刘姥姥。

那个周末，村里有嫁女的邻里请客，叶姐带着阿牛走人户。晚宴上，人多聊得热闹，叶姐一高兴，忍不住说了自己即将当先进的事，大家连连碰杯祝贺。几杯酒下肚，叶姐亢奋了，炫耀地说："我在水厂算半个管家哩，菜地由我料理，厂长的办公室，连同他喝的茶水，他的车子，都交给我全权打理，换成其他人，厂长不放心哩……"

在桌的客人更加羡慕，挨个地跟她碰杯。

叶姐喝醉了，回到家倒头就睡。手机响了几遍，没接。醒来才知道，当晚白条河境外段的上游发生小规模的泥石流，可能会对河水造成影响。厂长连夜打电话，唤她到单位，守着河道境内入口观察水质。叶姐偏在这个关键点脱岗，公司老总大发雷霆，取消了她的评先资格。

叶姐的梦一下醒了。

接下来五年，有了些变化。先是白条河的过境段建了两处水质在线检测站，实时监控原水的浊度、氨氮、铬铁锰铅一类的重金属指标，数据随时能在电脑上查看。然后县里实行河长制，水务局把整个河段的监查任务分解给沿线各乡镇了。水公司只是辅助巡水源保护区，可叶姐继续不打折扣地做这事儿。那时候，计量站王大爷退休，他儿子又来顶班，分到厂子做库管员。她不问也知道，王大爷肯定是工龄长、奉献大的员工。自己必须不断积累业绩，才能享受王大爷这样的待遇呀。

何厂长上任的那年，芦草村曾大娘的儿子在驿都路开面馆，租的店铺需要单独装一支水表。曾大娘回村，绕道跑水厂找叶姐，想问问能不能走点捷径。叶姐清楚地记得，曾大娘说完正事，又掩住嘴，皱着鼻子问："你怎么做这活儿呀？"声音很沉，像铅球，打进她的心窝，塞在了那里。叶姐微红着脸说："是临时替保安捞渣呢。"

当天，叶姐到何厂长那里，说了曾大娘请求的事。何厂长不想劳神费力地找营销部说情，就一口回拒了。隔了一日，叶姐又去托情，何厂长不耐烦地说："我以前在管网所，穿过芦草村的引水管，每次爆管淹了果田，那些个村民索要赔偿总是狮子大开口，公司没必要帮这些人的忙。"

叶姐没把事儿办成，她捞渣的活计，却被曾大娘翻嘴，很快在村子里传开。不少村民嘲笑她说，在水厂做掏垃圾工，还不如挖山药和野菜卖，赚的钱更多呢。叶姐听得脸青红紫白的。不久，她向何厂长申请换岗。她说："我不怕活多活累，但我厂里厂外两头跑，把时间耽搁了。我愿意多做厂子里的事。"何厂长不高兴了，推口让她找总部人事部门。叶姐真去找慧萍。慧萍哪管厂子这些琐事，就带她找苏副总。苏副总外出办事了，老总正巧在办公室。当时，第三任的张总刚调走，一把手是李总，也就是诗里说的"张冠李戴"。叶姐壮着胆，走进去了……

　　思忖间，雨又大了些。四月春深，白条河的水比冬季丰沛不少，整天顺着河床扑腾，跟旋风一样在叶姐的耳边打转，转得她心里一片怆然。过了好一阵子，叶姐走进垃圾间清渣。跟她做伴的那把火钳，"骨架"松松垮垮，仿佛一条迟钝的黑虫子，它衔着树叶，叼着烂泡沫，在渣堆前软软晃悠。晃着晃着，"黑虫子"急躁起来，往垃圾桶里东戳一下西戳一下，咔嚓、咔、嚓、咔，声音卡了壳。叶姐忙拾来一块小石头，对准火钳上那颗眼睛般的铆钉锤几下说："只要我在，别想罢工。"再敲两下，又说，"别怪我狠，我哪天不干这活了，咱就各走各的路。"叶姐已经记不清楚，她换过多少把火钳，说过多少遍这样的话了。转念又想，为啥到这把年龄了，自己还在巡河捞渣呢？

6

当年，新官李总听了叶姐的请求，觉得她说得在理，叶姐不仅没有偷奸耍滑的意思，而且是在主动承担更多的杂事。他唤来苏副总确认情况，苏副总说："每条业务线都有些员工，文化不高，业务能力又差，可年龄稍大，就倚老卖老，啥事都不做，钱却一分不少地照拿，真可以派到厂子巡河捞渣，多少能发挥点作用。只是怕没人愿意接替。就算有，也得慎重挑选，不然耐不住这份枯燥和寂寞。"

李总半信半疑，他在中层干部例会上问："有没有哪个部门的员工愿意巡河？"没人表态。李总安心主持公道，请大伙儿回去后动员动员。没一个人响应。按理，李总可以点将，亲自做对方的思想工作。比如，城区和乡镇的几个客服中心，有两三个抄表员马上奔六了，调到巡河岗绝对合适。再说生产线，制水工同样有年龄大的。只是他们倒班有夜班费，接触液氯消毒剂，有危化品津补贴。换到新岗，闲是闲了，这些"福利"全没了。李总行事老到，他探了探水公司的人事背景，知道很多员工有人脉关系。自己初来乍到，没必要为小小的保洁工，触动这些人的利益。

李总心里有了数，便唤来叶蓉，说："巡河这份工作特殊，相当于守护公司的边疆，是保证老百姓安全用水的第一道防线。你是占地工，也就是说，厂子有一小块土地曾经是你的，那种感情是其他人不能替代的。就算别的员工想干，我还不放心呢。"见叶姐不吭声，李总又说，"再等等吧，遇到合适的人，我马上换。自来水是国计民生基础行业，县报每年会给公司一个信息版面，等你到新岗位，我一定好好宣传宣传你这些年的事迹。"

当时，慧萍也在场，她知道李总的确有这想法。叶姐呢，心里猛跳几下，那个铅球跟着晃了晃。要知道，这表态对她来说，是润物细无声，是春风化雨，甚至催人奋进，给了她一份动力，一个希望啊。

叶姐在打杂的同时，继续巡河捞渣。时间对她来说，变得特别漫长，又特别清晰了。每翻过一页日历，她都数得清清楚楚，像刀子在心里做了记号。每做一道记号，她都在想象，自己上了县报，村里人对她又热腾起来的样子。如此咂摸着，她觉得自己必须做出更亮眼的成绩。雨天人来人往，办公室楼梯留了脚印，叶姐提线木偶似的来回拖；秋冬天，厂区银杏树落叶多，叶姐来回不停地扫；河边红砂道的落叶多了，环卫工没有及时清扫，她自个儿打理；那些下河洗澡的，用电网电鱼的,原本属于沿河乡镇管治,她越俎代庖,每次眼睛一瞪,连吆喝几次,多少能"唬"住些人。几个乡镇的兼职巡河员见状,经常请她帮忙,把上游的河道一块儿巡了。厂子边的望天山每次搞文明劝导和学雷锋活动,要单位出人到指定点义务保洁,都派她去。只是在垃圾间捞渣时,她会关上门,拉上闩,一个人悄悄做。这一来,累得她周末也没个歇息,叶姐的劲儿常常不够用了,经常像打过霜的茄子,软在办公楼的阴影里休息,眼里塞满疲惫。

这些事,何厂长看在眼里、明在心头。叶姐尽职,何厂长自然不好多说,甚至不怎么管她。叶姐成了独行侠,渐渐有了与世隔绝的感觉。回到村子,左邻右里跟她的话越来越少,特别是做生意发达的村人,看她的眼神,跟断丝的灯泡一样,彻底没了光。叶姐恨恨地想,别瞧不起我,总有一天,我会证明给你们看。

没过多久,公司有大动作了。李总一直谋划大手笔,打算新征四十亩地,扩建水厂。忙活两年,终于进场开工。许多技术工被临时抽调到厂子干活,工会对他们大肆宣传。但凡参与这项工程的员工,都感觉十分光荣、有面子。叶姐啥忙帮不上,多少有些失落。她只能老老实实地干活,至于换岗的事,在这个节骨眼上,她怎么也开不了口。

新厂子投运半年后,叶姐按捺不住了,她再次申请换岗。李总干完这大事,志得意满,有了得陇望蜀的野心。他开始搞多元化经营，成立子公司，做钢材、煤炭的供应链金融。像叶姐这样无关大局的请求，哪在他的思考范围。"你找综合部吧。"他随口一句话，把叶姐打发走了。

叶姐还找慧萍，慧萍只得还找苏副总。苏副总同样头痛，便重复了李总之前对叶姐的表态，说得掏心掏肺。叶姐该干吗还干吗。

又过去两年，她第三次提出申请。

此时，供应链的资金流转出了问题。水公司有个所谓的优良传统，员工们擅长行使主人公权利，于是匿名举报了李总。一调查，查出李总权力寻租，经济有大问题。在这个气氛紧张的环境下，谁有心思来理会叶姐的请求呢？不久，李总被判刑，子公司清仓歇菜。接着，戚总姗姗而来。之所以称"姗姗"，是除开汤总，后来的余总、张总和李总都享受过被举报或信访的待遇。所以，组织部挑选继任者，非常谨慎。敲定戚总，缘于他最初就是水公司的员工。后来调到旭星厂，一晃二十多年，他年近五十五，搭上升职的末班车，回来做一把手。他资历老，跟员工有历史情感的渊源，用他自个儿的话说，这叫有情人终成眷属。只是那会儿，叶姐四十七八岁了，而且电脑早成为每个人工作的基础工具，就连维修工人，都懂得使用电脑软件查看管网和阀门的坐标。叶姐这把年纪，落后于时代的步伐，能换到啥岗位呢？

叶姐知趣，彻底死心了。

两年过后,叶姐即将退休。苏副总哪还记得当初向叶姐说过的话,戚总不知过往的事,更不会表态。叶姐自卑地认为,论资历、谈价值、说奉献,自己哪能跟财务会计和王大爷两人比。这些年,她心心念念着阿牛的事,怎么也不好意思开口说。就算壮胆开了口,领导会答应吗?在焦躁不安、犹疑不定的等待中,她遇到了人生第二件幸事。何厂长向公司打报告,说需要增加保洁工,顶替叶蓉的岗位。慧萍清楚叶姐的表现,给戚总建议再续聘她几年。但国资委核定了员工总人数,只能把叶姐转到劳务公司,待遇会有所降低。征求意见时,叶姐一口答应,又说:"我多做几年,争取像会计和王大爷一样,成为单位里有奉献的人。到时,我想让阿牛……"阿牛两个字刚滚到舌根,马上吞了回去。

　　叶姐想,先干呀,好好干,领导认可了,自己上一回县里的报纸。公开露了脸,证明自己是有贡献有价值的人,到时候,啥事都好说呢。

7

在医院跟慧萍提出申请后,叶姐以为公司领导应该想起什么。可十天半月过去了,啥动静也没有。今儿一大早,叶姐穿了条新裙子,又去找慧萍。见叶姐状态越来越好,慧萍暗自高兴。寒暄一会儿,叶姐问:"戚老总在不?"慧萍心头一紧,叶姐从座位上弹起来,说:"主任,我找他有话要说,请求你陪我一块儿去,好吗?你帮帮我吧。"

走进总经理室,戚总对叶姐笑脸相迎,还主动握手。叶姐伸出手,又缩回来说:"疫情没完,要少握手哩。"

戚总哈哈笑两声。他年龄比叶蓉大,依旧唤她叶大姐,说:"你是咱们的老革命,在一线岗位,几十年如一日,不容易啊。"

叶姐也笑,说:"没那么久哩,在公司退休,连同在劳务公司这两年,加起来就二十年的样子。能坚持到现在,全靠当初李总、苏副总对我的鼓励。那些话,我一直记在心里哩。"

戚总回到座位上，鼻翼两侧皱出小树疙瘩。短暂沉吟，他说："叶大姐，你心里挂念的是啥，我听说过。"接着从办公桌上拿起县里的开发报，叹道，"这些年啊，县里发展太快，报纸增添了很多栏目，你看看，什么'特别关注''全民健康''全民智汇''环保专题'……版面不够用，以前什么先进事迹报道，给取消了。"

叶姐鼓一鼓腮帮，略微低下头，说："以前领导是向我承诺过这事。其实，宣不宣传真不重要，我……我主要是想着……"

戚总叹口气，打断道："我们是服务行业，必须服务大局，服从大局嘛。别急，咱集团啊，有个门户网站，比报纸的阅读量大多了。我找董事长沟通沟通，登一篇你的报道。"

叶姐心里一亮，连声道谢，把阿牛的事也吞回肚子了。她想，心急吃不了热豆腐，一步步来呀。戚总呷一口茶，又说："慧萍，跟叶大姐走趟厂子，了解了解情况。对，拍点生动的照片，到时好好写篇报道。"

慧萍问："报道的内容，您有没有啥特别的指示？"

戚总右手支颐，想了一会儿，说："重点在巡河，这跟水环境保护有关嘛，有价值。"

"是哩，巡河这活计，枯是枯燥，有价值呢。"叶姐笑道，浑身舒泰起来。

慧萍听着，心里却打起鼓点。她明白，叶姐真正的用意还

"藏"着呢。

下午的太阳不温不火,阳光稀薄地铺在河面,是蜜糖的颜色。慧萍到厂子后,叶姐兴冲冲地带着慧萍往河岸的上游去。四周几乎没人来往,叶姐呼吸着新鲜空气,大步流星地迈步,慧萍连走带跑,累得气喘吁吁的。叶姐停下来,解释说:"每天巡水源保护区,一个来回几公里。有时还到县外的上游巡看,就你那速度,大半天的时间就没了。"又指着河面说,"你看,这水啊,呈淡褐色,流下来跟绸子一样,说明水好;到了冬季,河堤维修,入口处放进来的水少,有时泛点儿绿,说明氨氮高,必须加大消毒剂量。刚巡河的时候,我遇到过淡红色水体,是炼砂厂洗铁粉,偷偷排出来的。水体还出现过刺鼻味哩,那是……对,挥发酚,挥发酚超标,不过被我找到源头了,是一家造纸厂违规排废水。"

慧萍一边听,一边往本子上记。叶姐一直说,脸上放着光。完了,慧萍问:"叶姐,巡河需要什么专业技能吗?"

叶姐说:"有,当然有。这河道有坡度,从上到下,每一段的水位不一样。不过,无论巡到哪儿,我瞧一瞧河面,就知道水多深,出入不超过三厘米。"

慧萍咋舌道:"够厉害。这在具体的工作中有什么作用呢?"

叶姐愣了愣:"我就是熟悉。"

慧萍忙说:"继续,继续。"

"还有哩，河道管理处会根据农田灌溉的需要，或者下游企业的用水量，经常调整进水大小，一般在三十到五十个量。一个量是八万方，一天就是二百四十万到四百万方。我呢，看看河水的流速，也就是水势，就知道当天放了多少水，准得很哩。"

慧萍点点头，又问："这有什么用呢？"

叶姐还说："就是熟悉。这些情况，我经常报给邻县大风水厂的老李。"

慧萍哦一声："明白了，这些经验判断，能给水厂的生产提供重要的参考数据。"

叶姐说："进水渠装了检测设备，厂子不用问我的。"

慧萍笑了笑："啥事别这么较真嘛。"

走到弓平桥，慧萍要给叶姐拍照。叶姐刚摆好姿势，手机响了，是老李打来的。老李说："老姐，在忙啥呢？我退休了，今天想过来一趟，感谢老姐你这些年的帮助。"叶姐说："我现在忙哩，改天再说吧。"老李呵呵两声："你是在岗一分钟，做好六十秒啊。行，等你有空，我请客，喝酒。"叶姐回道："喝酒误事，我早不碰那玩意了。"老李大笑："喝酒是一方面，我另外有事，想跟你聊聊……"

正说着，慧萍咔嚓几声，抓拍了几张。叶姐忙说："老李，这会儿领导来调研，有空再聊吧。"说完，挂断了电话。

一路走，慧萍给叶姐拍了许多照片。返回廊道边，去瞧进水渠和垃圾间。看着那些废渣，慧萍神色凝重，也不问话了。叶姐却目光炯炯，不停地说。声音在狭小的空间回荡、萦绕，冷清清的垃圾间便有了热闹感。慧萍离开时说："宣传的事儿，我尽快搞定。"

叶姐点点头，没有说话。话都在她眼睛里了。

黄昏时分，夕阳清淡地洒下来，把叶姐的影子投在桥廊下。有乡下人赶着几只鸭子，从桥头走过，宛如一幅画。叶姐忽然感觉，巡河的日子，怎么一下变得这么美好了呢。

8

慧萍下班回家，又不见汤大拿的人影儿。这男人做雷锋，三天两头替人顶班吗？即便他乐意，厂子也不敢让他接连倒夜班，那可是违反安全规定的。慧萍警觉了。

绕每间屋子转悠一圈。书房的门半开着，窗户紧闭；寝室呢，汤大拿平日喜欢烧两支檀香，这会儿也闻不到那种弥散出的淡淡香味儿；客厅的垃圾桶清理过，饮水机关掉了。窗前的风铃，摇摇晃晃，叮当作响，衬得整个屋子寂寥冷清。暮色一寸寸浸进来，染黑了窗玻璃和墙壁，她心里滚过一股说不清道不明的感觉。莫非这小子厌倦了清汤寡水的生活，偷偷溜出去七荤八素？

沉吟一会儿，慧萍没有直接质问汤大拿，而是拨通水厂值班室的电话。接电话的工人说："我帮汤大拿顶了一个班，他明早才来。"又笑问，"他没向主任你汇报吗？"慧萍忙说："他手机撂家里了，以为临时加班呢。"对方说："你老公爱运动，多半爬山去了吧。"

这话，提醒了慧萍。

她侦察到汤大拿的计步值五千多。这是啥节奏呢？登到山顶不下来，等着天亮公鸡打鸣？她终于给汤大拿发短信，问，在干吗？半晌收到回复，看书喽。慧萍心头一炸，这小子什么时候学会说谎了？

幸好，挨到七点过，汤大拿现身了。

两人目光对接上，汤大拿摘下口罩，冲她一笑，笑得不太自然。凭着直觉，慧萍断定他心里藏着什么秘密，便灼他一眼："跑哪了？"汤大拿回道："散步喽。"慧萍问："在哪儿散步，跟谁散步？刚才不是说看书吗？"汤大拿说："是散步到望天山，有家新开的书屋，就坐了一会儿喽。"慧萍瞪他一眼，再次查看QQ运动，汤大拿的计步数一万多了。上山下山一个来回，跟他的口供倒也吻合，慧萍脸色顿时柔和不少。可汤大拿不爽了，他努着嘴，冲冲地说："你是在奴役我，就差往我脖子套绳子了。"慧萍眼神炯炯地盯住他看，汤大拿马上消了气似的说："今晚就煮清汤面吃吧。"然后哼着《小苹果》，钻厨房去了。

慧萍坐在沙发上，继续生闷气。那些前尘旧梦般的往事，不由分说地涌上心头。这得从汤大拿的老爹说起。单位的同事私下唤汤总为汤大爷。汤大爷初中文化，技术上却是一把好手。他硬是靠自己的实干精神，一步步走上领导岗位。不过，汤大爷有个遗憾，他而立之年得子，妻子不久病逝，自己一辈子的精力耗在事业上，没能把儿子教导出来。汤大拿跟他妈一个性子，说话做事温和软绵，而且天生不是念书的料。技校毕业后，他开始混社会，在商场、酒楼和私企打短工，跟别人合伙卖水果、摆书摊，样样事都努力，就是没一样成气候。汤大爷骂他没用，他态度好，总是傻笑着接受批评。汤大爷心里更窝火了。不久，在汤大爷的逼迫下，汤大拿学了一段时间的电焊技术。接着，汤大爷就让儿子来水公司上班。这个决定，没有任何员工有异议。汤大爷安排儿子到维修队做焊工，他解释说："这小子质地不错，但需要磨炼磨炼。"在场的同事马上朝汤大拿投去赞许的目光。

这些目光，压得汤大拿不敢抬头。

汤大拿从小在职工宿舍大院长大，对老爹的同事并不陌生。那些工人们总是忙忙碌碌，像绰号大钢炮、青海椒、老麻花、河漂鱼、黑土豆，还有一些他喊不出名字的工人，上班下班都穿蓝灰色的劳保服，两鬓或多或少夹带几缕白头发，脸上身上随时沾有机油和灰尘。他老爹呢，总是挎一个胀鼓鼓的工具袋回家，也不知道里面装的啥。遇到雨天爆管，穿一双雨靴就出门了。汤大拿念书后，老爹太忙，就经常命令他放学后到单位做作业。在他的记忆里，陈旧的办公楼笼罩在夕阳里，依然显得很有活力。员工见了他，都一惊一乍地唤道：大拿，越长越高喽；小汤仔，来，吃苹果。汤大拿从不客气，接过来就嘎嘣脆地咬一大口。他还问老爹："我长大了，能去厂子上班吗？"

汤大爷说:"你的任务是考大学。"

汤大拿没能完成这个任务,但安身立命的大事,现在如愿以偿了。他每天老老实实蹲在车间大门外,戴着防护面罩,举一把焊枪,把自来水钢管戳得焊花四溅。队长验货时,发现好几个钢弯头被戳出沙眼。队长温和地说:"汤公子,做焊工是苦力活,又需要天分,你不太适合,你老爹无非让你体验体验生活罢了。"汤大拿问:"那我合适干什么?"队长冲他跷跷大拇指,说:"好好干,想啥有啥。"汤大拿一脸迷惑地说:"我爹就让我干这个,说干一行得精一行。"

队长神秘地笑笑,没有回应。

第一个月领工资,两百块。汤大拿吃不准这待遇高不高,便找其他焊工探问情况。对方说:"我干一天六块五毛钱。"汤大拿计算了好一会儿,说:"照你说的,就算每天不休息,做满一个月还没我这学徒高哩。"对方喝一口茶,吐出一口痰说:"我是临时工,怎么敢跟你比。"

汤大拿不再多问。

过了一段时间,汤大拿到工地实战。他喜欢焊花闪烁、暗淡、消逝的场景。自己一会儿暴露在强光下,一会儿罩在幽暗里,如同打入敌军深处,从事某项伟大的革命行动。转眼冬天,他接到通知,叫他到办公室搞后勤。汤大拿坚决不从,汤大爷问:"你还想做焊工?"他说:"是喽,正感兴趣哩。"汤大爷就亲自考核他的操作技能,比如,平立横仰的焊接要点，焊条的送进和熔化速度如何匹配。完了，汤大爷舒眉展眼地说："行，依你小子。"

不久，公司在白条河附近建新水厂，生产规模比老水厂大十多倍。工艺池的水管安装需要大量焊工，汤大拿就被派去锻炼。他初级水平，只能帮忙打下手。整整大半年，汤大拿日晒雨淋，搞得跟非洲人似的。

汤大爷有点心疼了，招他回了维修队。

厂子建好后，汤大爷退休了。他在位的这些年，员工从十几个发展到五十多个。而新厂子项目，是他最大的政绩。退休前，他又做了件好事：给临聘工签订用工协议。协议约定的待遇，相比以前并没有提升，但这些人的工作有保障了。而且汤大爷作为老一辈领导，跟员工们同甘共苦，在待遇方面除开多点儿职务岗位补贴，绝不多贪多占一分钱，到死都还住在职工宿舍大院里，没能换套新房。直到现在，不管谁提到他，都跷大拇指。接替汤大爷的是余老总。他上任后，把汤大拿调到客户中心。是啊，余总怎么能让老领导的公子做一辈子焊工呢。汤大拿还是不愿意，他找老爹出面"撑腰"。汤大爷不表态了。

汤大拿拧不过公司的决定，只好从命。

营销部的主任把碎石坝一带的抄表任务分给他，这需要师父带一带。这师父，正是慧萍。慧萍比汤大拿大三岁，她人清秀，翠得像一叶青桐。而且她挺会装点自己，一条围巾也能围出意味儿来。一路走去,汤大拿跟在后面,盯着她圆滚滚的屁股,心里燥辣辣的热。慧萍记忆好、业务熟,不用看抄表卡,随便指一户人家,马上能报出对方的名字。转悠完几十户,汤大拿咂咂嘴说:"你比查户口的还厉害,该到派出所上班。"慧萍脸一红:"我抄了两年多的表,你也会记住的。"汤大拿摇头:"我语文和数字都不行,不适合干这行。"慧萍把眼睛笑成一弯线地说:"主任给我的指令,必须把你教到独立抄表为止。"

汤大拿的确笨,抄了两个月的表,哪些户名对应哪些人家,还是稀里糊涂的。他就把慧萍记得熟,在心里无数次地默念她的名字,觉得"慧萍"两字亮眼又触心。慧萍听后,哎呀一声:"我总不能跟你一辈子啊。"说完,脸倏忽红了,红到了耳根。汤大拿这下不笨了,傍晚就请慧萍吃路边烧烤。酒至半酣,他探了探她的家境。慧萍说:"我妈务农,我爸在铁器社工作。几年前单位解体,职工放长假、两不找。"汤大拿努着眼睛,瞅她好一会儿。

慧萍心里啥都明白了。

过了几日,回请汤大拿,慧萍直接把他请到自个儿家里。慧萍的爸妈早备好酒菜。汤大拿不善言辞,但跟她爸一口菜一杯酒,喝得挺投缘。临走时,她妈提一袋大棒玉米给汤大拿说:"自家种的,要吃得习惯,随时来提。"

第二周,汤大拿礼尚往来,请慧萍到他家吃饭。

慧萍主动炒菜，把锅铲挥得像猫尾巴，在锅边跳来跃去。闲下来，她给汤大爷按肩捶背。汤大拿对她的好感浓得爆表。晚上，汤大拿送慧萍回家，路过宝狮村的一片玉米地，慧萍说："这是我妈的自留田，你等我一会儿，我摘几个玉米，你带给你老爹尝尝。"汤大拿点头，慧萍又说："要不一块儿摘吧？"汤大拿舔一舔嘴唇，跟着她钻进了那片茂密之地。夏夜的风微微拂过，吹得玉米叶沙沙作响，吹得汤大拿咽了几次口水。慧萍望着他，眼睛眨巴两下。

来回走动几次，再次路过玉米地，汤大拿说："你家的玉米好哩，我还想剥几个。"慧萍又眨眨眼睛，走到地中心，玉米秆的叶儿在风里簌簌地摆动，听得汤大拿浑身痒痒的。他剥下一根玉米棒，吞吞吐吐地说："我……我想剥你。"慧萍咬住嘴唇，不吭声。汤大拿继续说："剥你一辈子。"慧萍拧他一下，说："我们乡下人传统，说一不二。"汤大拿一把搂倒她，喘着粗气，跟剥玉米皮一样剥开了慧萍……

接下来，在慧萍的引导下，汤大拿在玉米地又播下几次种。两人公开了恋情。汤大爷始终不表态。冬天，汤大爷患了一场疟疾，身体状况差了不少。汤大拿说："爸，好好保重，你还要当爷爷的。"过了好一会儿，汤大爷说："慧萍是过日子的女人，配你绰绰有余。"

这话没说几天，汤大拿跟慧萍就扯回了结婚证。

翌年办的婚宴。不久，慧萍从临时工转正了。

从此，慧萍伺候汤大爷，更加耐心细致。就这样过了三年，汤大爷突然咳血痰，身子迅速消瘦。一检查，居然是肺癌晚期了。从确诊到去世，不到两年。下葬时，慧萍把头捣成蒜泥，她哭成泪人说："爸，您放心，来生，生生世世，我都做你家里人，好好待你的儿子。"

是啊，没有汤大爷，就没有慧萍的今天……想到这些事，她心里顿时软下来。

这会儿，汤大拿煮的清汤面上桌了，那味道能跟餐馆的媲美。慧萍一声不吭地吃。汤大拿呢，故意夹着面条一点一点地往嘴里溜，往嗓子里咽，往肚子里吞。又把葱姜蒜末打出的卤汤吮得干干净净，一副极其享受的样子。

晚上，汤大拿洗完澡，光溜着身子，呼地跳上床。慧萍马上裹紧被子，侧过身背对他。沉寂一会儿，汤大拿很不爽地摁熄了台灯。

可翌日天刚亮，汤大拿早早起床，熬粥煎饼，做水果小拼盘。完了，凑到慧萍的耳边，啵啵啵地吹气，直到暖醒她。慧萍美滋一下，人还倦怠着，就用嘴唇赏他一个吻，蜻蜓点水，风过水面打个呼哨，继续窝进被子里睡回笼觉。

9

慧萍把几个内退老同志的手续办完,成都的疫情也大大消退。那天下午,叶姐再次去公司。因为自从采访过后,报道一直没出来,她着急,想问问情况。

总部有个业务会,综合部除了文秘李悦悦,其他人都没在。叶姐就坐在卡座上等慧萍,等得忐忑不安。李悦悦瞧她一眼,说:"你是叶姐吧,我看了你的事迹报道,好佩服呢。"叶姐脸一热说:"普通工作哩。"李悦悦咯咯咯一溜脆笑,不吭声了。叶姐回味着李悦悦的话,心里甜滋滋的。过了好一会儿,她按捺不住地问:"小妹,请问,你啥时候看到我的事迹了?"李悦悦说:"早看过,厉害,可以参加《最强大脑》了。"叶姐问:"啥意思?"李悦悦说:"河里那水呀,你瞧一眼,就知道有多深,有多少体积,能不佩服吗?"说完,又咯咯咯一溜脆笑。叶姐跟着笑,吃不准对方是真佩服还是假佩服。

快开会时,李悦悦往会议室去。

叶姐正欲问点什么，慧萍急匆匆跑来说："叶姐，你来咋不说一声？久等了。"她从抽屉里拿出一个文件夹，翻开，又说，"不好意思，昨两天，我把宣传报道的事梳理了一遍，稿子要挂公开网，苏副总审、戚总审，集团还要最终审，遇到不少麻烦，本来想这两天抽空到厂子跟你沟通沟通……"

叶姐摆摆手："没事，不用沟通。"

慧萍走到她身边，指着宣传稿说："你对水源污染的判断和处理，删了。因为苏副总说，现在水环境治理得挺不错，你说的都是以前的事儿。如果被其他相关单位的老领导知道，会不高兴的。"

"苏副总想得周全。"叶姐说，"删就删呗，不用沟通。"

"还有，你经常帮有些个乡镇巡河，帮环卫工扫地。戚总说，写出来，有点儿揭乡镇的短。你要理解，老总是一把手，必须注重外部协调和影响，比较谨慎嘛。"

叶姐抿紧嘴，猛点头："明白明白，该删就删掉，没关系哩。"

"是，少写点多写点，说来无妨。可改了好多遍，传来传去，每个部门都知道了。好几个中层干部跑来闹，说他们部门刚有老同志内退，工作比你的……一样辛苦，都要求宣传。戚总没辙，说干脆都写，写在一个报道里，每人不超过两百字，所以耽搁了这么久。"

叶姐吞一吞口水，说："领导有领导的难处，照领导的指示办呗。"

"最后还剩一个问题。昨天终稿送集团审，他们综合部的主任说，这两三年推出河长制，水环境保护的责任主体是环保局和水务局，把巡河这事浓墨重彩地落在水公司身上，还大肆'渲染'你个人，方向不正确呀。他要求立足写一位清洁工——就是你，在垃圾间捞渣，在厂子保洁，如何地细致，如何二十年如一日地坚守……"

"能不写捞渣吗？"叶姐一下尖着声音说，"我是保洁工，可写出来，那有价值吗？对公司奉献大吗？"

"这……"慧萍一时语塞。

"集团综合部的主任和戚总，哪个官更大？"叶姐问，"戚总啥意见？"

"不是官大官小的问题。集团是主管单位，网站也是集团的，他们提出意见，自有考量。如果不照办，到时那么多人看见了，万一有啥不妥，出了问题，戚总和集团领导都得去背书，对吧？"

"厂子的人，县里的人，咱村里的人，都能看见报道，是吧？"

"是呀。不管写什么内容，都是对你的宣传嘛。"

叶姐嘴角颤几下，不说话了。办公室沉寂下来。走廊不时传来员工上楼的脚步声。叶姐愁着脸，眉毛拧得直往下落：

"主任,谢谢你操心,麻烦你了。这报道,就写他们内退同志吧,我……我放弃。"

"这不好吧?这报道完全是因为你才写的。虽说保洁是不起眼的岗位,但正是这样,才需要宣传呢。"

"这有价值吗?"叶姐猛摇头,"我悄悄干活就行。对不起主任,都怪我,一时乱想,给你们添麻烦了,真的对不起!"叶姐连连鞠躬,腰都弯到快九十度了,"我放弃,求您了。"

慧萍一脸茫然:"我给领导汇报了再说吧。我得去开会了,到时……"

"不用报,不用报了。"叶姐起身,匆匆告辞,逃一般地回到厂子。等心静下来,她失落地来到进水渠,清理格栅前的浮渣,转运到垃圾间。垃圾间的窗户没有关,风吹进来,直往她脖子里灌,把桶里的烂树叶也吹了好些在地上。叶姐朝那些树叶踢了一脚,拿起火钳,准备掏渣。怔了一会儿,把火钳摔了出去。"咣当"一声,火钳碰在墙上,落在地上,张着嘴,一副快要窒息的样子。叶姐看看时间,还有半个小时到下班点。站了一会儿,她转身走了。走到半路,手机响了,是老李打来的。

叶姐没有接听,她坐在河堤边发呆。半晌,她回拨过去。老李问了问她的工作近况,叶姐嗯嗯哼哼应和了几句,老李又说:"我想跟你商量一件事。"

叶姐回道:"明白,你退休了,替你的工人也要巡河,是吧?可单位可能不聘我了,以后巡河的事帮不上忙了。"

"嘿,还就说这事儿。我们厂长呢,知道你的情况,给我说了几次,想聘你,到我们厂子上班。"

"聘我巡河?"

老李哈哈哈地笑,叶姐能想象出他笑得肩膀一耸一耸的样子。老李笑够了说:"就是巡河,答应不?"

"捞渣吗?"

老李说:"跟你开个玩笑哩。我们是小厂子,没有设专职巡河员,厂长是想聘你做抽水工。你以前不是也帮工人替过班吗?这活儿简单,但责任心必须强。"

"干吗聘我做这事儿?"

老李嘿一声,说:"我们厂长看好你。"

"我一把老骨头,有什么好看的。"

"呵呵,好在哪儿,你问他呗。"老李说,"反正一提起你,他就跷大拇指。这样吧,你先别拒绝,考虑考虑再说。"

接完电话,叶姐继续往前走。走着走着,她笑了,那笑声里有些苦,有些酸,像没熟透的西红柿。她驻足,倏地转身,回到垃圾间。风还在往里面灌,地上的树叶更多了。叶姐关上窗户,把地清扫干净,这才拿起那把火钳,往渣堆里掏。叶子、杆子、树疙瘩、碎布条、烂棉花、空烟盒……这一次,火钳特别利索,特别听话,三刨两下就结束了任务。完了,叶姐来到河边，拾了块小石头，往火钳的"眼睛"上一边敲，一边说："咋不罢工了？咋不罢工了？"手一滑，不小心把石头弹飞起来。石头落到水里，咚一声不见了。

  叶姐蹲在河边，回味着老李的话。良久，她抬头，顺着河面朝上游望过去。河道的远处，夕阳正缓缓地往西边隐退，泛着青黄色的光晕，像极了正在落地的大铅球。

10

　　叶姐的无名指被进水渠的格栅机绞了。

　　慧萍赶到医院，赵副厂长正带着叶姐看病。一问才知道，快下班时，叶姐拿着扫帚，从厂子内部绕道走到进水渠里。保安以为她主动打扫地面卫生，没多在意。结果，不知什么时候叶姐居然把手往钢齿履的边缝伸过去。幸好保安眼疾手快，拉住了她，只划伤一点她的皮肉，不然又得住院。

　　慧萍坐在候号椅上，长长喟叹一声。

　　那天，叶姐离开公司后，两次找过何厂长、赵副厂长，请求让她儿子来替班。每次出来，她脸更沉了。隔了一日，叶姐单独找何厂长，两人谈了很久，都抢着话说，两种声音在追躲，又像在碰撞。好一会儿，叶姐抽泣几声，短暂得像几滴雨。门忽地打开，叶姐下楼了，背影透出深深的绝望。

　　昨天，疫情防控援助结束，叶姐回厂子，做她认为应该做的大扫除。她还是做得那么认真，只是沉默得像块石头。扫院坝，擦窗户，清排水沟，不时揉揉眼皮，眨一眨眼睛，盯住墙啊，路啊仔细看，仿佛扑进她眼里的，不是灰，而是黑影子。何厂长实在看不过去了，便对叶姐说："五一节过后，你想上班就来，不来也行，反正工资给你计发到六月，我可仁至义尽了。"叶姐目光莫名闪了闪，像蜡烛燃尽前忽地亮两下。何厂长感觉不妙，忙劝慰道："你儿子的事，等厂子以后要添人，再说吧。"叶姐像影儿似的靠在墙头，眼神迷离，甚至带出谵妄，整个人一点反应都没有。

这会儿，领完药，赵副厂长把叶姐获奖的消息说了。叶姐问："那……那我还接着上班吗？"赵副厂长不语，慧萍忙说："别急，我跟何厂长再沟通……"赵副厂长目光飘忽一下。叶姐眼里却闪出点光来。

第二天，慧萍联系何厂长说："评标兵的文件正式下来了，记者这两天要采访叶姐。"何厂长想了一会儿，说："有个事儿，想请主任你帮个忙。叶姐前次摔池里，这次划伤手指，采访的时候，千万别让她说出来，不然会影响单位形象。"慧萍心里掠过一丝凉，说："行！可叶姐提的请求，你到底咋考虑的？"何厂长说："先确保采访成功。"又在电话里讨好地笑笑，"有劳你给她沟通沟通，到时往好里说。"

慧萍唤来叶姐谈心。

叶姐惊喜地问："我是派遣工，还能享受这待遇？"慧萍说："不管现在是什么工种，你在公司干了这么多年，是大家庭的一员呀。"话，听得叶姐眼都有些润了。慧萍又问："干吗去碰格栅机呀？你应该知道那设备危险嘛。"叶姐声音颤颤地回道："那天跟何厂长斗嘴，我说计量站王大爷的侄儿能来，为啥我儿子不能来。他说王大爷搞安装，手指被掰丝机削掉了一截，算残疾了。你要这样，我也答应。我脑子短路，信以为真……"慧萍鼻头一酸："叶姐，以后别这么傻了。"

何厂长开部门职工会，通报了叶姐当标兵的喜讯。赵副厂长建议推选叶姐当公司劳动节表彰的先进代表，这是跟上级合拍。大家埋头不吭声，何厂长说："这事儿不民主了，直接定板。"会后，他联系记者，询问采访重点。记者说："主题是'平凡的岗位，不平凡的坚持'，挖工作亮点，拍几个场景，提点问，比如坚持的动力是什么，有没有过怨言。"

何厂长拿着记者的问题跟叶姐演练。叶姐望着他，声音冰凉地说："你也知道，我努力干活儿，就是希望阿牛能来厂子上班。来不了，我能怨谁啊？"何厂长捏一捏鼻子，说："尊重你的回答。不过，要展示出风采，应该回答，供水行业涉及千家万户的生命健康，无论哪个岗位，都是很有意义的。"叶姐紧抿着嘴，讷讷地点点头。

11

　　过了一日，记者来了。叶姐穿素色裙，早早来到厂子。慧萍跟何厂长全程陪同。刚开始，何厂长有些紧张，怕叶姐说错话。但他的脸很快绽成弥勒佛，因为叶姐对记者说："水厂占了我一小块地，就让我到水厂上班。领导同事们很好，主动解决我的伙食问题，每次涨工资想着我，年龄大了也让我继续干活儿……"叶姐投入地说，完全沉浸在真情的叙述里，没有一点儿矫揉造作。她还说："住了院，领导给我请护工，除了社保报销部分，其他的费用公司全补贴。"记者问："什么原因住院？"何厂长咳一声，叶姐的脸僵一下，忙说："我自个不小心滑倒，倒地上伤了腰，没大碍，早恢复了。"

　　记者又让叶姐去望天山。叶姐缠着头巾，边走边扫地。到桉树林边，记者选好角度，请叶姐做擦汗的动作。阳光穿过林间，投照在叶姐身上，镀出一圈美妙的光晕。慧萍瞟一眼何厂长，何厂长眼里透出几丝羡慕。那一刻，一种淡淡的悲哀莫名浸染着慧萍。

下山途中，记者问叶姐平时的生活。刚说两句，阿牛不知从哪里钻了出来，呵哧呵哧地拍着手。何厂长警惕地向慧萍递眼神，慧萍不知道该怎么办。记者临时起意，给阿牛拍了一段片子，问他："支持你妈的工作吗？"阿牛指指叶姐，拍拍胸脯，跷起大拇指。

叶姐泪水哗一下流出来了。

第二天，叶姐没上班了。她在的时候，就像可有可无的影子。可少了她，俨然厂子里飞走一只蜜蜂，少了某种谐调。工人们这才短暂地不舍地叹息道："叶姐啊，能干人，老实人。"

下班前，慧萍到戚总办公室，说了叶姐放弃宣传和她手指受伤的事儿。戚总摩挲着茶杯，听得腮帮绷紧了。慧萍刚想退出，戚总说："叶姐是占地工，按你们的说法，当初是有指标的人。可别人巡了大半辈子的河，做了大半辈子的保洁，怎么换个岗位就那么难？"慧萍说："都怪我，人力资源没统筹好。"戚总叹喟道："她在厂子干了二十年，就没人关注关心过她啊。"

慧萍咬一咬嘴唇，又自责两句。

戚总说："别啥事往自己身上揽。公司的有些症结，不是一天两天形成的，不说也罢。"然后他从抽屉里掏出五份简历，递给慧萍，"去年，各路神仙听到公司改革，以为要添人，就找集团啊，县领导啊塞关系户来。我是快要退休的人了，本可以倚老卖老，不理会那些个神仙的托请。可疫情一天比一天好转，说不准哪天就启动给排水净治一体化的事儿。到时，新的岗位总要有人干。算了吧，挂网公招的流程得走，你这个金牌办公室主任办妥就行。"慧萍惊讶道："接管排水这么大块业务，就添五个人？抵掉内退员工，总人数一个没增加呀。"戚总猛灌一口茶，说："年前，集团请咨询公司摸过底，结论是我们人多官多。说得没错啊，有些部门，一个正职足够，却设一个甚至两个副职；五六个员工做的事，配七八九个人。集团的意见很明确，现代企业讲效率讲成本，必须人尽其用，所以不给增加人，我这才想出个内退的法子。那些老同志腾出来的岗位，不用补空，新人先放基层锻炼吧。"

劳动节假期的第一天，慧萍给叶姐发祝福短信，叶姐晚上才回复。她说，现在不用再担心源水有要紧事发生，手机没随时揣兜里。谢谢妹子。

慧萍哑然一笑。

节后上班，依照惯例，慧萍带着文秘们查岗。快到水厂时，途经芦草村，慧萍想顺道看看叶姐。她屋门锁着，打电话没人接，也没碰见阿牛。慧萍找村人打听她的去向，村人说："叶姐母子俩寻活儿去了。"慧萍问："找到活儿没？"村人说："阿牛的情况，找工作本来就不容易。叶姐就去找她的前夫石匠，让阿牛跟着他爸学手艺。"慧萍问："这事成了吗？"村人摇头："不知道。"路过取水口，慧萍下车，到进水渠瞧捞渣的情况。如今，保安替了叶姐的工作。

  转过白条河的一个弯道，慧萍碰着两个小女孩在渠堤边，正拿着肥皂瓶吹泡泡玩。阳光投照下来，把空中的泡团映得五彩斑斓。她俩跳着脚，拍碎它们，又吹出一大团，又拍碎。

第二部 / 梦 河

1

不管疫情结没结束，脱贫攻坚战一直没停歇过。

水公司除了去年领到几个帮扶对象，最新任务是改造山区供水设施，这属于农村小康工程，担子不轻，公司便在北部片区成立了工程分队。这就需要提拔一名副队长，主持分队工作。

大伙儿猜测花落谁家。有野心的员工开始悄悄"活动"。苏副总推荐了制水工、校表员和维修工各一名。三人的共同"优势"是工龄长。苏副总唤上慧萍，把名单呈给戚总看。戚总瞄了两眼，将单子一揉，扔进纸篓里说："这三人，行不行？也——行！"他把"也"字拖得长长的，嘴角边都"也"出两个小窝窝来。他接着说："国企搞三年攻坚改革，咱们公司是重点对象！为啥？就是要把论资排辈的员工一脚踢出去，把混日子的员工揪出来。别说员工，下一步，像我和苏副总这样的企业班子成员，都改成任期制、契约化，干满三年不合格就走人！我来提议，莫大超、张军。他俩，如今一个在厂子做机电维修工，一个在工程队，怎么样？"

慧萍心里像被什么敲了一下，敲出一朵小花花儿来。要知道，她和大超、张军是好朋友呢。苏副总呢，埋下头，没表态。戚总明白其中的微妙：张军和大超的身份特别。

在汤总时代，正式工退休，但凡子女顶班的，一律世袭正式工身份。合同工呢，由计时工规范而来，同样有一纸协议，但待遇比前者少一大截。还回过头说叶蓉吧，原本该是正式工，当初就是薪酬随意一定，过低，后来归在了合同工里，结果许多内部政策无福享受，比如内退政策、子女顶班。即便这样，同样有太多的人削尖脑袋往公司钻。合同工的数量逐渐超过正式工，成了干活的中坚力量，也是挨骂和被严格考核的主体。这部分人，如同没修成正果的小妖，绞尽脑汁地托请各路神仙帮忙，争取改变身份。

李总走马上任，提出过改动薪酬的想法。正式工的意见马上炸出来，说祖辈父辈的一生都卖给水公司，没功劳也有苦劳，还说公司的江山，全是正式工打下来的。退休老同志也跑来指责李总，骂他搞"飞鸟尽，良弓藏；狡兔死，走狗烹"。其实，这些理由只是说辞，真正缘由在于公司是国企，执行总额制。国资局每年给公司核定一个薪酬数，无论员工间怎么拉差距，发出的钱，总数不能突破这限值。换句话说，蛋糕定了大小，合同工要转了身份，增加的待遇，只能从正式工的碗勺里分。杀富济贫的事，正式工哪肯就范？他们联合起来，消极抵抗李总，搞得他许多工作推不动。闹腾一段时间，强硬自恃的李总，不得不拱手作罢。

至于戚老总，从一开始他就看不惯"贵族"体制。

在履新半年后的一次行政会上，戚总坐下来就说："中午，马鞍路的水管爆裂，水刚好流进旁边的雨污井，三个多小时才发现。"他侧过脸，冲管网所宋主任问："我们有压力监测系统，为什么没有报警？"宋主任答："系统出了问题……"戚总打断道："系统谁负责？平时谁维护？有记录吗……"宋主任抢白："这事儿涉及两个部门。"戚总一拍桌子："不懂规矩！我讲话，别插嘴。"

会议室一下沉寂了。

过了一会儿，戚总冲宋主任抬抬下颔，示意继续说。宋主任低声道："信息系统很专业，平日的维护都是小吕负责，要不我唤他来解释吧。"戚总没吭声，只大口大口地抽烟，烟雾像幽灵的裙袂在飘荡。等小吕进来，戚总撇着嘴，掏出一支烟，扔给小吕说："没你事儿，坐一边去。"然后下巴朝宋主任一抬："你，接着说。"宋主任吞吐半天，却没说个明白。戚总手一挥："去搞明白了，再过来汇报。"

大伙儿都知道，宋主任是工程专业出身，让他解释计算机技术的问题，的确为难他了。估计他半天没问清楚，大家就一直傻等着。戚总半眯着眼，不急不躁的样子。眼看快到下班点了，其他人不停催促宋主任，急得他额头冒汗，脸色泛青。

这一来，整个会议严肃紧张。

……

好不容易散会，大家刚舒口气，戚总马上唤上七八个科室长跟他一块儿去爆管现场。工人们泡在浸水的沟槽里忙活，拆装阀门，一干两个多小时。戚总也不走动，就站在那里看，整个人稳如磐石。在场的中层干部没人敢找地方坐下，更不敢中途开溜。有个工人问戚总："戚老总，您为啥这么能站？"他听了，不恼，还满脸堆笑地说："问得好！这本领是我以前在旭星厂上班练出来的。当时厂长见我字写得好，把五六张黑板报全交给我。每次写粉笔字，我一站就是一天。也因为这事受到领导重视，才慢慢走上了管理岗位。"又拍拍对方肩膀，"你现在也是在写'黑板报'嘛。"

晚上十点抢修完毕，戚总安排人买夜宵慰劳工人们。黑胖凑他耳朵边咕哝："合同工没这必要吧。"戚总霎时把嘴撇成弯刀，说："正式工有几个跳下去干活的？你跳下去，啥也不做，就在水里站两小时。你要吃什么，我亲自给你买，行不？"声音像子弹一样冷硬。

回去的路上，戚总对慧萍说："这公司，我怎么看都像'世袭制'。什么张三李四王五，都是接他爹妈的班。半数的中层干部，也都出在这批'官二代'里。个个养尊处优，必须多磨炼啊。"

戚总真这样做了。有年芦山发生地震，供水工程队赴灾区援建，他让科室长轮流去搞后勤，每天晒烈日、吃泡面、睡地板，搞得大家叫苦不迭。回过头，戚总又强推了一条新规定：合同工可以提拔干部。由于这个群体的薪酬基数低，即使走上管理岗，待遇依旧没法跟正式工比。"贵族"们虽心有不满，但水浪打桥，动荡不大，没闹到公开对抗的地步。

这次提拔分队长，戚总同样谨慎，他把两个部门的负责人唤来，一块儿讨论张军和大超的事儿。商量半天，意见不太统一。戚总决定亲自跟他俩谈谈。

大超第一个接到召唤。他回厂子后，工人们向他道贺。大超却说："没你们想的那回事儿。"在场的人有点纳闷儿，但不好多问。大超矮个头，圆脸盘，肤色黝黑，像年久色深的锅盖，闷气沉沉的。特别是牛蛋眼一瞪，谁都惧他三分。十八年前，余老总履新不久，供水生产能力不足了，就实施水厂的扩容技改，急需充实两三名技工。那会儿，公司待遇不太好，想找个全能手很难，但花拳绣腿的也混不进来。张军在工地做水电工多年，有一技之长，就托熟人推荐，顺利被录用了。大超呢，自荐的。大超是重庆人，早年在合资企业打工，算见过世面的人。不过，他不爱说话，话都在手里眼里。比如，电机出现异响了，其他人七嘴八舌地议论着，他一言不发。等大家安静下来，他掏出一把螺丝刀，将刀头抵在电机上，刀柄贴在耳朵边，眨眼听一会儿，就能说出故障所在，十有九准。

隔了一日，张军又接到总部召唤。他马上找到大超，说了这事。大超正在车间给机泵上油,双手沾满污渍。他用手背拭一拭鼻沟儿,从操作台拈过烟盒,递给张军说:"你紧张啥?"张军搓一搓手脸,敲出两支烟,点上,又塞一支在大超嘴里,问:"你去过的,到底说啥事儿?"大超支起肩膀,深吸一口烟,身子微微荡一下,笑道:"你装傻!"他难得一笑,笑起来眼角聚满皱纹。阳光从窗外射进来,直直地扑在他脸上,皱纹也生动起来。张军还想问点什么,大超已经拿起錾子敲打水泵壳了。叮叮当当的声响,饶有节奏感,听得张军心里一阵悸动。

下午的谈话,慧萍也在场。戚总主动给张军散烟,拉了一会儿家常,聊起供水发展,戚总把两三代工人都表扬一番。点评到大超时,慧萍跟着夸他,听得张军都不踏实了。抽完两支烟,戚总这才道出他渴盼已久的答案。又说担子不轻,问张军有没有信心。张军本想谦让两句,转念一想,噌地站起来说:"召之即来,来之即战,一定不让领导失望。"

走马上任前,同事们给张军饯行。张军跟大超多年好同事,自然拉大超去。大超跟往常一样,拒绝任何形式的私人聚餐。这一次,大伙儿有看法了,说大超不来是因为没争到职位。张军听着不舒服,便亲自到厂子找大超说:"你不来,别人要说你闲话。"大超说:"你不说闲话就行。"张军半开玩笑地回道:"你不赏脸,我就要说。"大超抽出一支烟,停在半空中。张军故意不接,大超就将烟塞自己嘴里,回道:"那你说去吧。"不等张军接话,转身离开。他和他的影子在屋檐下有力地晃动,看得张军心里一阵憋闷。

傍晚,张军决定再邀请大超一次。他怕大超还拒绝,就唤上慧萍一块儿参加聚餐。他仨人到公司的时间差得不远,是极要好的同事。没想到,大超兜着单车出来,见了张军就说:"都说了不去。"张军犹豫地跟在后面,到岔路口,他问:"你不会真妒忌吧?"大超回头,说:"兄弟,我嫉妒谁,也没必要嫉妒你。合适的时候我单独请你吃饭。"说完,跨上车,拐另一条道上了。一串铃声响过,像一晃而逝的光阴。

晚上吃的火锅,大家不停地给张军敬酒道贺,张军很快喝醉了。散场时,张军拉着慧萍,说了大超的事儿。慧萍也不知道说啥好。回家的路上,她回想着跟大超两兄弟的点点滴滴,心里特不是滋味。

2

大超的强项是对付电机，尤其会绕线圈。十八年前，有这本领可不得了啊。厂子全是大电机，遇到机线烧毁，只能返商家修，耗时长，费用还高。自从大超来后，这事省心不少。但他每次都一个人做，一弄一两天，机修间随时能闻到烟味。工人们好几次围观，他就停下活儿，转而捣鼓木楔子和钉锤。大家明白他"留一手"的戒心，便知趣地离开了。

不过，说到安装水管，大超就学徒水平了。刚开始，他连技术规范和配件功能都只是一知半解，更别说具体操作了。张军经常站在作业坑里冲他嚷道，别愣着，快抹堵漏剂啊；看清楚，是在钢管中部开桃形孔，尺寸要精准；记住，上伸缩节前要把焊渣除掉……结果，他闷头干了半天，还是免不了出差错。每次犯错后，大超规规矩矩地站在旁边，两眼不错珠儿地看别人操作。看着看着，眼里就有了光，他便总能恰到时机地递来工具。

闲下来，大家喜欢坐在空坝里聊天，免不了说些荤段子。

大超习惯坐在最边上,他很少搭话,只闷头抽烟。有人问:"大超,你现在抽这么多,回去还抽吗?"大超懒懒地回道:"抽啊,睡觉前、醒来后都抽,想戒戒不掉呢。"工人们怔两秒,一下乐爆了,脸笑得跟豆花一样稀软。大超反应过来后,掐灭烟头,跟着笑起来。大伙儿猜测说,你老婆一定很漂亮。他笑得更幸福了,给大家散烟说:"抽吧抽吧,把你们的嘴堵上。"

大超住在城区南边的柳庄村,离厂子远,每天骑单车上班,要一个小时,所以工人们也没见过嫂子。张军有幸碰到过一次。那天中午,他和大超从工地回来,见厂子拐角处站着一个短发女子,清瘦,瓜子脸,穿青花短衫,看着文静极了。大超马上迎上去,唤道:"柳静?!"柳静拉他到一边说:"大超,老妈帮我找了个大夫,让我回趟老家,过两天再回来。怕你身上的钱不够,给你送点儿来。"大超问她怎么找到这儿的,柳静笑道:"刚才到你们公司总部找你,慧萍主任给我详细说了厂子的地址,怕我走错路,还亲自带我到公交站……"

絮叨一会儿,大超送她去赶车。穿过马路,柳静拉住大超,帮他拍背上身上的灰。灰尘在阳光下扑腾,像一团团暖和的灰棉花。

张军给大伙儿添枝加叶地讲了这事儿,他们起哄说,找个时间把大超灌醉,让嫂子跑来接他,我们好开开"眼界"。

转眼初夏,水厂技改工程启动了。别说聚会聊天,就是吃个午饭都得分批去，甚至蹲在工地边上吃。焊钢管、装机泵、改阀门、平沟槽，工人们忙得满脸土灰，就剩眼睛还放着光了。加上厂外的管道同步改造，必须两边兼顾。大超精力旺，来回大步流星，健硕的臂部像捏紧的拳头。遇上大热天，他赤膊上阵，黝黑的肩脊上汗珠闪着光，阳刚味十足。

翌年春末，项目竣工，专家们对工程的质量大大赞扬了一番。说实话，大超功不可没，而且他悟性极高，来公司短短一年，安装水管的技术已经超过不少工人。工程投运前，主输水管还要碰头改造，大超被列为主力干将。那天晚上，城区中心停水施工，张军跟大超配合，负责管道开孔和焊接任务，装好阀门后再封口。所有工序完毕，试水时发现伸缩节漏水，必须返工。天快亮了，时间很紧，阀井里的水刚抽到一半，大超等不及了，跳下去拆螺帽。张军和其他工人回厂子，巡查管路。刚坐上工程车，张军侧头一瞧，见大超双手抬起，两眼发直地盯着前方。张军觉得不对劲儿，跑回去一瞧，大超身子颤得厉害。张军猛地反应过来，是抽水泵的机线漏电，电导进水里了。他立刻飞起一脚，踢掉电源插头。大超咚地软下身子，靠在井壁上。同事们忙扶他去换衣歇息，张军替大超接着干。不到半小时，大超缓过劲儿，又跑过来，帮忙换阀门的胶垫圈。

开闸启机，四组崭新的水泵急速轰鸣，出水母管里顿时响起激烈的水流声。在场的人屏息敛气，生怕听到任何异常的响动。少顷，不知谁打个响指，大家这才相互击掌欢腾起来。

收工后，大伙儿吃早餐。刚坐下，大超忽然脸色泛青，干呕起来。张军和几个工人立刻送他到医院。路上车水马龙，喧闹声在耳边涌动，听起来像自来水向四面八方奔流的声音。

3

体检结果出来了。大超是劳累过度,但心肌酶谱正常,没有大碍。出于谨慎,医生仍然给他输了抗氧化剂。刚调配好药液,厂长赶来了。他问大超,用不用通知老婆来?大超身子一撑,说:"不用,这哪算病,我连液都不想输呢。"厂长正色道:"不行,必须听医生的,待会儿余老总要来亲自慰问你。"沉吟片刻,厂长又说,"到时千万别提抽水泵漏电的事。"张军问为啥,他解释道:"大超受累,我心里有数,但这是安全事故啊。"

余总来后,所有人都一股劲地说,这段时间大超太忙太辛苦,才累坏了身体。大超静静听着,没多大反应。输完液,他精神完全恢复,可不少同事陆续来看望他。大超遵照厂长指示,一直躺在床上。到了中午,床头摆满鲜花和水果。听到那些关怀的话,他好几次咽了咽口水,欲言又止的样子。

在技改工程的总结会上,水厂获得先进奖,大超拿到突出贡献奖。张军很是妒忌,转念想到大超被电麻的事,心里多少又平衡了一些。开庆功宴，余老总敬酒说："县里正在大发展，我们的担子会越来越重，所以每个人都得当一线的主角。"又笑道，"大家要向大超……不，是莫大超师傅，向莫师傅多学习！"

大超低下头，有些不自在。

隔了两日，厂子开坝坝会。大伙儿以为有紧急任务，厂长却说，今天大超是主角。大超皱着眉，猛吸一口烟，长长吐出来，说："那天余老总说了，每个人都是主角……"他忽地站起来，朝他们鞠了一躬，说，"谢谢你们，救我一命，送我去医院……其实，我一直想找个机会，跟大伙儿切磋切磋手艺。"

大家愣了几秒，鼓起掌来。

大超成了厂子里第一个正式传艺的师傅。他耐性好，一遍遍地演示电机线圈的各种绕法，教工人们清理槽口、打线把、下槽，手法轻快稳。大超不善言辞，无论讲到哪个步骤，他都只会说："看，这样的；对，这样的……"而他干活的时候，有不少让人喜欢的小动作。比如，把右脚从鞋里抽出来，用后跟去擦左脚的小腿，来回擦三下，绝无例外；每完成一道工序，他就抽一口烟，不管烟头有没有灰截儿，都弹一弹。

不知不觉，工人们跟着学样。

紧接着，厂长又搞焊接培训，张军和大超当教练。他俩水平相当，但张军懂理论。动手前，张军煞有介事地说："干这行,手脑合一最重要,切忌图快心浮躁。拿上焊枪就说,引燃电弧有技巧,划擦撞击可任挑……"这些口诀让张军抢足风头,虚荣心得到极大满足。

这样的日子单纯快乐,却很短暂。

那些年,县里资金不宽裕,对自来水设施的投入跟不上,单位的效益又不温不火。县领导就和市水务局商量,把水公司划给了市自来水公司管理。余总心里装有大蓝图,他想借着新平台,把地方供水做出点起色。在区县级的供水行业里,他率先推行质量贯标体系,又大力挖掘新人。像张军、莫大超,连同慧萍,都卖力干活,表现自己。当时,慧萍跟他俩还没啥往来。但不久发生的事儿,让彼此的工作有了交集。

那天,余总到营业部听汇报,发现金轮片区的水费欠款偏高。一问,抄表员是慧萍,心里不太高兴了。因为当时传言慧萍要小心思,在高攀汤大爷的公子,大家对她有些成见。余总看完欠费清单,不太客气地说:"下不为例!否则,该辞退的要辞退。"其实,只是吓唬吓唬她,慧萍却一下脸色煞白,忙说:"金轮寺附近有个工地,连着几天都挖爆那一带的水管,断断续续地停过两三天的水。用户闹意见,正巧赶上抄表,不少人就拒交水费。不过,我……我心里都有数呢……"

余总抬头,想打断她的申辩。

不过,慧萍说话的声音脆脆的,给人听觉上的生理舒适,他就耐着性子听。慧萍接着报盘,什么张三李四王五马六,上个月分别用了多少吨水，应该缴多少钱。余总一下挺直腰板，手指不停地在桌面敲打说："继续，继续。"慧萍怔了两秒，把剩下的几户欠费一骨碌全报出来。又说："我原来抄收的片区移交给汤大拿了，现在这地方接手不到两个月，跟用户还不熟络。我保证，以后遇到这样的情况，一定不会再这样了。"余总点点头，说："把你今天解释的，写成文字给我。"

慧萍不笨，知道余总在考察她的综合能力。晚上，她打好初稿，誊抄三四遍，句子捋了又捋，字迹写得工工整整的。交给余总的次月，公司决定调慧萍到综合部做文秘。接到这个通知，慧萍心里像钻进一只鸟儿，扑腾扑腾直跳。她不知道这是祸还是福。不管怎样，她从此跟笔杆子打上交道了。

稍有空闲，慧萍就跑厂子学习业务，为的是挖掘通讯报道的素材。最初，老员工们依旧戴着有色眼镜审视她，不愿意搭理她。只有张军和大超，跟她年龄相仿，差不多的时间来公司上班，有一种天然的亲近感。两兄弟每次都耐心地给慧萍讲解。慧萍报之以李，公司有什么大点儿的消息，她总是第一个给两兄弟说。三人越来越熟络，每次工会搞活动都钻在一块儿，说说笑笑好不热闹。

那年秋季，厂子扩建后，生产量增加，公司开始将管网向乡镇铺延。张军、大超相继被派到不同的乡镇客户服务中心。张军到综合部填调动表时，抱怨道："这是流放我们啊。"慧萍说："好事呢，没准哪天混出一官半职呢。"张军说："我可没这么大的胃口。"慧萍温婉笑道:"不想当将军的士兵不是好士兵。"话语间,眼睛扑闪几下。

张军和大超离开水厂,来往渐少。慧萍写新闻稿,时常联系他们,问问素材里的细节。其实,不是非要问,她是借机聊聊近况,叙叙旧。她甚至想,如果他俩一直待在厂子,三个人不时见见面,那该多好啊。事实上,曾经在水厂战斗过的精英们,都陆续被调动,去工程队、校表站,或者到管网所做巡管员。临退休的,可能再次回厂子,继续当制水工,甚至打打杂。不管怎样,一线工人们始终在供水事业的这片蓝天下相互守望。只是一年到头难得聚会,即使碰到一块儿,无非在工地上抽支烟,瞎掰几句。

倒是有一次,张军的儿子满三周岁,他请了大超、慧萍和几个要好的同事,柳静也来了,男男女女都喝得很嗨。唯独柳静很安静,简直跟大超一个模子刻出来的。但她人勤快,帮忙泡茶倒水,拾掇家务,像在自个儿家里一样。晚上,工人们打牌玩,慧萍和柳静看电视。看了一会儿,柳静见茶几的底板放着一本《青年文摘》,顺手翻开,认真地读了起来。慧萍好奇,就跟她聊了一会儿,才知道柳静是重庆人,后来认识大超,一块儿到成都打工,如今在一家商场做吧员,平日喜欢读书,尤其迷恋现代诗。她随口就背出几句:涉江而过,芙蓉千朵,诗也简单,心也简单。慧萍念中学时也爱看点书,就问:"这诗谁写的?"柳静说:"席慕蓉的,我家里好几本呢,改天送你一本……"

打牌的兄弟们收工了，准备跑外面吃夜宵，柳静却说困了，非要拉大超回去。慧萍挽留她，她忙说："下次大超做东，请你们聚餐。"临走前，补了句，"慧萍姐，下次见面，一定把诗集给你带来。"

可大超夫妻俩一直没兑现这个承诺。凭直觉，慧萍认为这不会是他俩忘了。何以如此，又想不出个原因。那两年，工程一个接一个，关键环节还抽调技术工协助，大多会点将到张军。有段时间，大超在工程队上班，每次突击任务，张军都能跟他见面。慧萍呢，到现场拍照，发现大超瘦了不少，人更沉默了，眼皮下老有黑影。而且，他擦腿、弹烟灰的小动作没了。张军问："是不是加班多，太累？"他摸一摸头说："累是累，但你能扛下，我更能。"慧萍就问："那领导待你不好？"他摇头："队长唤我莫师傅呢。"这话把慧萍和张军惊一跳。工程队的队长，正是当年在汤总办公室汇报工作的黑胖。他可是从跑龙套一步步爬上来的，能这样尊称大超，可见大超的手艺已经很高超了。张军和慧萍都说，你以后会当官。大超抬头，双眼平视，像是在望远处，又像盯着虚空。半响，他说："梦嘛，做做可以。"说完，起身干活去了。

不久，张军约过他两次喝酒。大超支吾着不表态，张军又说："要不带上嫂子……"他打断道："这段时间柳静身体不太好。"张军想起什么似的问："你们有娃儿没？有了说一声啊。"大超没好气地说:"查户口啊?"然后痛快地挂掉电话。

那以后,县里搞园区产业,自来水工程简直没个消停。张军和大超经常在工地上做搭档,但每次加完班,便匆匆分手。遗憾的是,一晃六七年,像他俩这样的技术能手,没有得到升迁。这跟余总过于看重员工文化水平有关。提拔干部,要求正规中专以上的学历,这在新旧世纪交替的时代,条件不算低。即便慧萍,虽然努力,也没被提拔。对于一线部门,余总又偏向经验丰富、年龄偏大的人做管理员。

余总退休不久,县里要把县城的自来水挨个连通到镇、乡,乃至山区。在这之前,这些地方建了不少小水厂。比如瓦坪镇,七十年代就铺有水管,从堰塘引水。隔了几年,镇子正式建水站,拉条石、运钢管、搬水泥,全靠人力拉着板车,吭哧吭哧地弄到工地。这点艰难苦处倒也罢,真正的问题是缺钱。镇里的领导跟个讨饭的一样,亲自到房管所、供销社、医院登门拜访,游说对方赞助集资。厂子建好了,没人愿意当厂长,结果把槐树村的乡干部拉来管事,还女同志一个。厂长就两个兵,她每天亲自蹬三轮车,大街小巷地挖土坑、铺水管。干活累了,就坐在路边,抽支烟提提神。后来,几个山区陆续建水站。山区地广人稀,更缺乏资金,自来水的质量比坝区差了老远。

张总来后,第一个动作,便是关掉县城南边的桃溪镇水厂，新铺设两公里的水管，把自来水直接输送了过去。接着，继续搞主水厂技改。这些活计，大超和张军几乎全程参与，整天在城乡接合部的泥道上穿梭，指挥吊车放水管，在土沟里焊接钢管，随时都引来群众围观。

可张总不比余总，胸无大志。他做完这两件事，从此陶醉在员工对他的阿谀奉承里。他越来越独断专行，每次听汇报，只要脸一沉，对方马上结巴起来。谁敢顶嘴，他张口就是：你尿精不懂，打翻尿桶；你写的那些废纸，我擦屁股都嫌纸硬。后来，传言他生活作风有问题，是真是假，众说纷纭，好事的员工借着这些绯闻，举报张总飞扬跋扈，太过官僚。上级领导也没查出个多大的事来，但还是将他调离，平息了大伙儿的不满。员工都说，张总不贪，他栽在"性烦躁"上。

如今，十八年过去了，公司把城区的管网延伸到所有乡镇和山区，关掉了所有地方小水厂。大超和张军呢，在基层一干又是十四五年，双双过了不惑之年。原以为下半辈子可以享受安居乐业的日子，没想到，不到半年张军被委以重任，要独当一面地去征战。

4

　　回头说现在。十八年后的张军,毫无预兆地当上了分队长。别看这官小,担子却不轻!城区北部四个乡镇,大大小小的自来水工程和维修任务统统落在分队头上。工人们整天东奔西跑,依旧张罗不过来。张军只好又当裁判又当运动员,撸起袖子亲自干。不过,新官上马的感觉还不错,队员们每天跟在他的屁股后面,左一个队长右一个队长地唤,唤得张军的虚荣心直接爆表。

　　唯独不太满意的,是北区离家太远。张军来回骑摩托,实在折腾。碰上连续加班,他干脆住在队里。手下人劝张军说,队长,别太拼,小心累坏身子。张军明知道是拍马屁,依然心花怒放。他忍不住吹牛说:"喊,巴掌大的北部,有啥活儿能累倒我。"这牛皮撑了不到半个月,撑不住了。因为戚总一声令下,启动农村小康供水工程。

　　当时,黄砂山的水管年久失修,水压低不说,还常爆管。现在要大面积更换,要求张军在六月初必须搞定。说实话,技术肯定难不倒他，只是钢管用得多，焊工又太少，硬扛十多天后，工期吃紧了。而天气越来越热，水管迁改、碰头，都要停水。山上的老百姓一旦没水用，就跑到施工现场看情况，你一句我一句地催问个没完。

疫情防控没结束，山区又三天两头停水，张军怕事儿闹大，影响自己的官职，不得不向总部求援。

翌日大清早，张军刚进分队的办公院坝，见花台边坐着一个工人。居然是大超！他把口罩拉在下颌，嘴里叼着烟，胳膊肘支在膝盖上，双手撑着下巴颏，静得像块铁。张军猛提一口气，想唤他，话到嗓子眼儿却卡住了。大超缓缓站起来，吐出一口浓烟，透过烟雾说："领导让我来这儿，说张队长有事吩咐我。"他一本正经的样子，让张军吃不准他到底是个啥情绪。张军说："别涮我，在你面前没队长，只有兄弟。"对视片刻，大超弓下腰，拍了拍裤腿说："那就听兄弟指挥。"

张军心里更加不安了。

朝山上走，大超始终落后张军半步。张军回头瞧他，他就低头看路。张军寻思着怎么"指挥"大超。到了山腰，张军说："就这地方，水管子七弯八拐，焊点太多，我手下的工人真搞不定啊。有兄弟你助力，我总算可以睡个踏实觉了。"大超说："就知道我不来，你不安心。"

他俩一下笑了，目光对碰上，又迅速错开。

虽说只添了大超一人，但工程进度明显快了不少。周末，忙到晚上十一点,张军拉大超去喝酒,大超说困了,要回去。张军撇嘴道:"到家至少一点,明天还想干活不?"大超非要走,张军就说:"不吃夜宵也行,就住这儿吧,咱俩叙叙旧。"大超摇头:"明儿我会准时来的。"张军怎么劝,大超都不答应。张军只好说:"行,依你这个牛黄丸。今晚我也回家住,开工程车送你。"大超说:"算了,单位的车不能私用,你这是违规。"张军哪肯依,硬拉着他上车了。

路上,张军想跟大超聊一会儿,大超却打起盹来。到了城区南边的柳庄村口,大超腿一弹,醒来,准备下车。张军见四周的泥道弯弯拐拐,就说:"不行,送你到家。"大超不同意,强行开门,张军一摁中控,把门锁了。大超还"嘭嘭嘭"地推门,张军急了,说:"你老阴阳怪气的,不认我这个兄弟,明儿就别来了。"大超这才软下身子说:"前走,看到一个池塘,往右转。"张军缓慢驶去。柳庄村变化挺大,张军当年来这里做工程时,多是低矮的农舍,如今随处可见楼房。抵达目的地,却是几间零散陈旧的小瓦房,和对面的新楼比肩而立,相顾无言。瓦房最右侧的那间亮着灯。下车,大超给张军散一支烟。刚点上,门吱嘎一声开了。两人不约而同地瞧过去。

那一瞬间,张军吓得腿一下发软。

他看到了久违的柳静。她坐在轮椅上,脸枯成蔫黄瓜,身子瘦得可怖,裙子套在上面,跟套在衣架上一样,空空荡荡的。

柳静呢，见到大超之外的人，惊慌地摁一下扶手，轮椅马上斜着往后退，很快退出了张军的视线。

张军怵在原地发呆。那些和大超一起并肩战斗的日子，顿时从记忆里涌上来，如沸水般翻滚。暗色中，他依然看出大超的脸黑沉沉的。少顷，大超说："你回吧。"张军喉结滚动两下，没动静。大超又说："你回吧！"刚上车，张军听到屋子的关门声。

吱——嘎。很慢，很沉重。

第二天接大超，张军什么都没问。接连两天，他俩几乎没说话。直到大超干完活计，张军才唤住他说："嫂子的病干吗藏着掖着？"大超垂着眼皮说："那要怎样？总不能跟你比，当官了可以到处炫耀。"张军说："当我是兄弟的话，至少该吱个声。"大超摇摇头："柳静七八年前得了脊髓性肌肉萎缩症，找了不少大夫看，华西医院也去过，没得治，只能维持。"张军腮帮子颤几下，大超骑上车，溜出一小段路，又回头说："当我是兄弟的话，这事别给其他人说。柳静不需要别人关心，她害怕见到任何外人。"张军问："既然是兄弟，我算外人吗？"

大超身子僵了两秒，一蹬踏板，车子拐到大道上。他连人带车在风中晃了晃，那样子像极了一只孤零零的鸟。张军坐在花台边，沉默着。过了良久，收到大超发来的消息：柳静的病急不来，谢谢兄弟。

张军读了好几遍，心里五味杂陈。

柳静的事暂时搁一边，张军和大超加紧工程收尾。那天，慧萍带着马晓婷到现场拍照。她本打算借这个机会，找他俩叙叙旧。但每个人都忙，张军电话接个不断，还要不停指挥工人，留意施工安全。大超一直戴着面罩焊接管件。慧萍拍完几个特写镜头，想往工人多的地方去。可山区的施工战线拉得长，几百上千米远的管道，很分散地站着几拨人，各自砌阀井、垒挡压石墩、回填沟槽，场面远没坝区工程那样集中。慧萍逐个地方抓拍，遇到山里的老百姓瞧热闹，马晓婷忙从不同的角度拍摄。工人们对山民逗趣道，这是县里的记者来做报道。山民立刻配合地摆出姿势。慧萍的目光扫过一张张笑脸，脑里划过一道电光。那究竟是什么，一时半会儿又想不起来。

回到公司，慧萍在电脑上拷贝照片，那道光一下清晰了。她点开一个旧照片文件夹，逐一翻看。终于，找到当年工程队的一张合影照，大超和张军都在里面。除此外，还有一个不属于公司的人，站在队伍最边上，抻长脖子，眼睛瞪得像玻璃球，样子看起来蛮滑稽。三冬！慧萍猛然想起，七年前，张军曾给她说过，三冬想要那张合影照，慧萍打印出来给他，张军不久又退还她说："三冬出远门了，等以后有机会再转他。"过了一阵子，慧萍催问他，张军忙得不亦乐乎，便说改日。这一改，就没了下文。

这会儿，慧萍给张军微信留言，张军一下想起什么似的说:"对,是有这事。正好,我下周一要到公司开工程例会,到时我来拿照片。"

第二天,黄砂山工程试压通水,圆满收官。周末,张军加班整理资料。忙完后,沿着山道核查管网的运行状况。一路走去,途中有不少村民在果田里施肥、修枝。田坎边、树荫下,不时能看到抽烟聊天的大爷们。张军没有穿工装,又戴着口罩,没人认出他来。走到半山坡,听到有人在聊侃自来水的事,他故意放慢脚步听。一位大爷说:"要不是我天天催那些师傅,没准自来水还不正常哪。"旁人接嘴道:"别人安装大钢管,焊不好漏了水,要被扣奖金。"大爷说:"我们有水喝,他们拿奖金,大家都高兴哪。"

张军抿嘴一笑,摇晃两下头。

返回山脚,是瓦坪镇的场口。放眼望去,连排的瓦房朝下延绵,屋顶如波浪般起起伏伏,在阳光下闪着亮点。青石板大街上,人来客往。在熙攘的人群中,张军仿佛看到了三冬的背影。

5

　　瓦坪镇的上场口以前有个小水厂，三冬曾经是这个厂子的员工。十多年前，李总刚到公司，便开始陆续接管乡镇水厂，自来水管不断地从区中心向周围扩张，并计划铺到瓦坪镇。张军随工程队在北部片区驻扎了两个多月。瓦坪镇水厂成为临时歇息处，好些时候张军就在厂里打地铺睡觉。

　　工程队很受当地居民欢迎。因为瓦坪镇水厂在八十年代建好后，几乎没有经过大的更新，设施和工艺落后，制出来的水不好，常年有泥腥味，到夏天甚至能放出红丝虫。水厂的人员居然解释，水里长虫，说明自来水天然无害。所以，大伙儿对铺大水管这事，盼了十几年。只是工程一完，小厂子不生产了，原来的人员要解散，三冬一下有了朝不保夕的惶恐感。

　　那天中午，张军刚吃过午饭，三冬找到他说："张师傅，能带我到工地上瞧瞧吗？"张军累了一上午，想休息一会儿，就不耐烦地说："你是咸吃萝卜淡操心啊。工程完了，该咋的就咋的嘛。"可三冬塞了一包廉价香烟给他，又推出单车，拉着张军带他看现场。

出了厂子，午后的太阳烧得正旺，蒸腾出阵阵热气。田间地头的蝉子一声高过一声，歇斯底里。往城区方向骑了两三公里，见到一辆黄色吊车耸在那里，长臂高傲地伸向天空，好些村民围在一条土沟边看热闹。五六个工人站在土沟槽里，拉着钢丝绳和倒链，两根半人高的大水管很快就接在一起了。三冬问张军："师傅，这就安装好啦？"另一个黑胖乜斜着眼，接过话头说："不好，难道要用胶水粘？"张军忙给三冬说："这是我们工程队的队长。"三冬马上躬腰道："队长，我外行哩。再问问，这管子啥材料的？"黑胖头一扬，说："球墨铸铁管，知道不？"三冬摇头说："没听过。我……我外行哩。"黑胖子反问："你是做啥的？"三冬说："我……我瓦坪镇水厂的维修工。"黑胖嚯嚯笑两下："那就算不得外行，只是鸟枪遇大炮了。"其他人一下笑开了。那笑声像刀片，割得三冬的神经一颤一颤的。三冬傻乎乎地跟着笑了一会儿，还不停地挠后脑勺。他脑袋像鸵鸟蛋，没一根毛，阳光照在蛋壳上，映出几个小洼坑，很是惹人发笑。三冬站了片刻，赶忙拉着张军走了。

是啊，像三冬这样的小水厂工人，哪见识过那么大的"炮"呢。瓦坪镇的"鸟枪"，最粗就拳头那么大，而且材质差、老化严重，频繁爆管。三冬大街小巷跑个不停，东墙没补好，西墙又漏风。累个半死不说，厂长还老骂他水平差。三冬每次气得直哆嗦，可他啥也不敢说。张军做工程的那段时间，三冬跟他熟络后，常抱怨说："真是做得多错得多，不想干了哩！"张军只是笑笑。他在厂子待了近三个月，对三冬干活的情况很清楚。一旦瓦坪镇哪儿的水管出问题了，三冬跑得比谁都快。

张军听多了看多了，知道三冬挨骂挺冤枉的。他有啥错呢，要错也是他师父游正林的错。瓦坪镇水厂刚刚建好，游正林就来了，算得上开山师爷。那些年，街坊邻居要接通自来水了，他现场走一圈，铺多大的管子，管子用什么样的材质，拍两下脑袋就定了。施工的时候，他怎么省事儿怎么弄。稍有障碍，就铺明管，要不往阴沟里穿。安装的阀门，一大半都懒得砌井，直接埋在土里。挖沟破路的杂活，他很少动手，全找计时工做。七八年后，瓦坪镇的自来水普及了，但铺的水管子也成了一张陈年蜘蛛网，碰哪儿，哪儿就破。游正林一个人根本忙不过来，小工又没法随叫随到，厂子就聘了三冬，帮他打下手。这一干，又是七八年。

三冬是黄砂山的人，据说跟游正林沾了一点儿亲戚关系。他悟性差，手脚笨。就说拆阴沟里的水管吧，手冷不丁打滑，摔得满脸污渍，惹得路人直打干呕；换旧水表呢，腮帮子都快鼓破了，水表也没拧下来，倒把管子拧断；给镀锌管掰丝口，丝口没做好，水管却绞出裂缝。游正林经常骂他蠢蛋一个。三冬的脸总是没完没了地愁着，跟打过霜的苦菜一样。没过多久，游正林干脆只让他干杂活了。大热天，三冬戴顶草帽，一个人掏土沟、撬石板，或者光脚踩在稀泥里，吭哧吭哧地挖水管。他头大身子瘦，腰弓成曲尺，像极了一只鸵鸟。小孩子们喜欢冲他背后唱：

秃头鸵鸟哟翅膀小，
不会飞来只会摇。
干起活来没人瞧，
两脚就像踩高跷。

三冬听见后，把腰弯得更低了，锄头挥得更卖劲儿了。游正林就坐在阴凉下，叼一支烟，冲三冬远程指挥。很多明眼人都说，游正林越来越滑头。游正林不在乎，谁敢造他反呢？从干这行开始，他走到哪户人家，哪户人家都是好烟好茶孝敬着，好酒好菜伺候着。稍有怠慢，他拍屁股就走人。他的口头禅是："烟不烟，茶不茶，还想喝自来水？喝尿水！"终于有一天，游正林的鼻子帮大伙儿造反了。那鼻子前前后后流了一盆血。他在重症室足足待了半个月。医生说，他是长期暴饮暴食，烟酒过度引起的。这病需要慢慢静养，晒不得太阳，干不得体力活。如果再犯，没准丢命。

这一来，厂子不敢再留他上班，给了一笔安抚费，劝他退养了。游正林挺不甘心，开了家建材铺，还跟厂长"勾兑"，厂子的水管材料都由他供应。可惜没多久，换了新领导，没人搭理他了。

三冬接过"衣钵"，游正林时代的风光很快没有了，水厂在镇上的"地位"也一落千丈。以前，大伙儿对游正林有意见，不敢表现得太明显，怕哪天因为用水的事儿栽到他手里。可三冬没有游正林的那股匪气，而且瓦坪镇的水管网，哪根丝连着哪根丝，除了游正林，没人记得全。每次爆管，三冬找地下的阀门，总得花大半天时间。实在找不出来，就剪块橡胶皮，把漏水点包扎好，再用铁丝一扎，能管多久算多久。这土办法，正是游正林教出来的。再不然，关掉大街上的主阀门，停一大片水来维修。三冬老觉得工作没做好，亏欠了别人，无论见了谁，都赔着一张笑脸。镇上的人认准了他的脾性，自来水有啥问题，都把他当出气筒，冲他抱怨。三冬是超级闷葫芦，锯了嘴也吐不出半个籽来，每次都让对方骂得得心应口。就连临时请来的小工，不高兴了也要撑他两句："你老当软蛋，我们跟着受气。"三冬却说："我是蛋，用户就是石头。你见过蛋碰石头能赢的吗？"

偶尔，也有小工尊敬三冬，唤他师父。可三冬坚决不接受。他说："我是个粗人，哪有水平当别人师父哩。"三冬也不怎么指使小工，杂活儿依然揽着做，生怕脏了累了别人，下次再请帮忙，对方就不来了。三冬比以前操心多了，遇到啥问题都得自个儿拿主意，常常急得满头冒汗，来回踱步，像蒸了桑拿的鸵鸟。他眼袋大了黑了很多，如同两个枣仁挂在那儿。身子也更瘦了，看着都硌人。可他有使不完的力气，小工不叫累，他绝不歇气。夕阳快落山时，他喜欢坐在土沟边，默默地抽支烟。他就这样"带"着小工干了两三年后，危机悄然来临了。

不久，瓦坪镇的水管工程完成一大半，三冬更加立坐不安了。那天下午，慧萍带着一叠资料，来到瓦坪镇水厂。她说："水公司要对瓦坪镇的自来水服务做个调查，让厂子安排人发给用户，征集意见和建议。"厂长马上把三冬和另一个抄表员唤过来。抄表员一瞧，大多内容都涉及管网。他嘀咕道："这不等于往我们身上插刀吗？"三冬勾着脑袋看过来说："问题肯定多喽。"厂长脸一沉，说："问题多？你们就该好好反省反省。"三冬忙说："明白明白。"厂长又说："管网设施，以前你们胡屎搞，意见肯定大，大就大，不过我到厂子这两年，服务方面是下了不少功夫的。"然后他在调查表上戳几下说，"像什么用户诉求办结率，窗口服务态度，抢爆及时率，你们得多跟用户沟通，取得他们认可，明白不？"抄表员猛点头，脖子上的筋都拧了一下。

三冬呢，烂着脸，不吭声。

发调查表时，三冬很快遇到钉子户。在山坡边的槐树巷，有个老头提笔写道："抢爆水平极差，效率极低。"就差直接把三冬的名字"钉"进表里。完了，老头还拿出来炫耀。好些人跟着这样写，抄表员赶忙"沟通"说："这都怪水管子太旧，维护难度大。要不你们重填一张，建议改造管网，这样才能解决实际问题。"老头哼一声，说："每年都在给你们建议，还建议个屁。"其他人被煽出火气来，纷纷抱怨自来水的压力不稳，热水器经常打不燃。

三冬傻乎乎地望着他们，脸上还是挂着笑，可笑得像一朵枯萎的花。他脑袋一会儿转向左，一会儿转向右，听得表情跟做梦一样。半晌，三冬说："我们马上解决。"老头把表往兜里一揣，说："好，解决了，再重新填，大伙说行不？"

一呼百应，其他人全把表收了起来。

厂长知道这情况后，冲三冬骂："天都快亮了，你还没事找事做？改了这儿，还有那儿，改得完吗？"三冬低着头，眉毛拧成两道蚕虫说："明白了。"可他还是没有真正"清醒"，翌日央求张军说："槐树巷的水管，是游正林师父生病前安装的，水管也不小，没准哪儿被堵住了，麻烦张师傅帮忙找找原因吧。"张军忙着赶工程，说没空。三冬又请求道："我有十多张表扣在用户手里，收不回来，厂长会发脾气，没准会开除我。"张军被他缠得心烦，就说："你笨啊，再复印一些，找其他人填嘛。"他愣怔半天，回道："哦，明白了。"

瓦坪镇的人很快知道槐树巷的事儿，填表时都趁机讲条件，麻雀一样叽喳闹着。三冬再也不敢表态，只得任他们聒噪。厂长的脸沉得掉出水来了，他说："本来想帮你们一把，自己不争气，听天由命吧。"

那些天，三冬走在大街上，头也不敢抬，生怕被别人的目光剥掉脸皮。槐树巷的人呢，一遇到三冬就问："鸵鸟兄，啥时候改水管？说话得算数啊！"三冬恓惶道："知道知道。"回到厂子，三冬又说："真是做得多错得多哩，不想……"最后两字没出口，在他喉咙里夭折了。

隔了一日，三冬再次拉着张军说："昨天下班，我跑了趟槐树巷，把沿路的水管阀门都拆开，挨个查了，没问题啊，但水压就是不稳定。估计哪儿装有阀门，我记不清了，请师傅帮忙想想办法呢。"张军又好气又好笑，但他对三冬的态度越来越好，他说："这不是技术问题。你必须清理出所有的阀门位置，逐个检查。对了，以前谁安装的？"三冬挠挠后脑勺，说："游正林师父呢。"张军说："那就找他问问呗。"

三冬真去找游正林。他正在自家院坝晒太阳，人白了些，胖了些。游正林揉揉鼻子说："我哪还能记得清阀门啊。"三冬掏出一包烟递过去，游正林又说："估计是瓦坪镇用水量大了，能送到槐树巷的水就有些不够。办法很简单，再铺一排水管到巷子就行。要不，在我店子买材料，到时有啥问题，我帮着处理。"三冬犹豫道："买材料，要厂长同意才行哩。"游正林瞄他两眼说："光添水管不行，还要技术处理。"

回厂子，三冬给张军说了情况。张军喊一声，说："什么技术处理，别听他鬼吹。要改水管，也别在他那儿买。"三冬憨憨笑两下，说："那我给厂长汇报汇报。"厂长听了三冬的想法，挑他一眼说："天都亮了，你还在咸吃萝卜淡操心？"然后没下文了。

事实上，天真的"亮"了。第二天，苏副总带队，来瓦坪镇厂子调研。慧萍也在场。会开了一半，三冬被唤进去。傍晚，张军回来后，他兴奋道："领导跟我握手了，还是个漂亮的女同志，人家叫她主任。"三冬一边说，一边模仿慧萍主任的动作，跟张军握手，"辛苦师傅了，辛苦了。"张军笑道："我要进去了，也能享受这待遇。"三冬又说："慧萍主任还问了我的个人情况。"张军嗯一声，心里有了不祥的预感。

月底，工程进入收尾阶段，公司开始接管瓦坪镇的供水。交接期间，厂长和那个抄表员作为体制内的人，调回镇政府上班。其他人，结清补偿金就解散。厂长安慰三冬说："大家都很肯定你的工作，不过城区水公司规定，上了五十岁，不再续聘，你要理解。还剩几天时间，在岗一分钟，干好六十秒啊，知道不？"说完，他用力拍拍三冬肩膀。三冬像块石碑，一动不动。第二天，三冬接到爆管电话，居然又跑去维修。镇上的人不再冲三冬发火了，三冬也还笑，可笑得没一点儿力。干完活，傍晚了，他坐在一堆晚霞里，望着鱼鳞般的瓦屋顶发呆，整个人像一张发黄的旧照片。

周五中午，厂子刚下班，三冬对张军说："能最后帮我个忙吗?"张军可怜着三冬,爽快地说:"行,能做到的一定答应。"三冬悄悄从库房拖出十多根小水管说:"我想把槐树巷的用水问题解决了。"张军想了一会儿,说:"现在是交接过渡期,你领材料,给水公司的领导说过没有?"三冬说:"之前给厂长说过,他没同意也没反对。"张军叹道:"你去吧,我就当啥也不知道。遇到技术问题,打电话给我。"

下午,三冬没有联系张军。天快黑的时候,张军忍不住走了趟槐树巷。坡边的草丛一晃一晃的,能感觉到三冬在里面干得很带劲儿。张军凑上前一瞧,地上掏出了几十米的浅沟,一根根小水管铺在里面。张军看了好一会儿,问:"需要帮忙不?"他探出鸵鸟头,紧张地左右瞄瞄说:"谢谢啦,你有事就走吧,我一个人能成。"

第二周,三冬到厂子结清了账,走人了。管网工程彻底完工,张军也准备撤退。这时,三冬又跑回来,找到张军,目光飘忽地说:"槐树巷的水压还是不够,这咋办?"张军说:"没事,瓦坪镇成立了营业分点,到时有维修人员去解决,你别管了。"三冬却说:"我私自拿了厂子材料,问题没解决,怕到时追究责任哩。要不,帮我查查原因吧,求你了。"张军心头一酸,连忙点头。

到现场,好多居民围过来抱怨。张军不慌不忙地沿管路走一圈,巡查完每个阀门节点,笑着说:"以前铺的那根水管,大小应该够用,只是中途翻了一个坡。时间长了,坡的最高点会积空气,这相当于有块小石头塞在管道里。这'石头'呢,会慢慢跟着水流排走,可排走了又会积,所以槐树巷的水压始终不稳定。"三冬问:"那咋办呢?"张军说:"这太简单了,在最高点装一个自动排气阀,管子里一旦进空气,马上就排走了。"三冬茫然地点点头:"我……我外行哩。"

四周又是一片嘲笑声。

自动排气阀装上后,一试水,水压很快提高了。巷子里的居民围着张军,握手递水,真有"千里迎红军"的味道。三冬站在人堆外面,没一个人理睬他。秋风没有方向地胡乱吹着,他抱了抱臂。这一次,他脸上终于没有了笑容。

散场的时候,三冬对张军说:"谢谢你帮我,都怪我太笨。领导辞退我是对的。张师傅,你这么年轻,好好干,有前途哩。"他脸乌漆麻黑,声音涩涩的。说的每个字,一记一记,像沉重的拳头,打在张军的心窝上。张军掏出烟,散给三冬一支,给他点上火,说:"三冬大哥,你是我师父,真的。"三冬诧诧地望着他,更茫然了。半晌,他冲张军傻傻一笑,转身走了。夕阳投照下来,淡凉淡凉的,把瓦坪镇染成了茶色。三冬垂着大脑袋,弓着薄薄的身子,如同一只鸵鸟风筝,在街上无力地飘荡。张军心里响起一阵悲鸣。

接下来几年,公司陆续接管剩下的乡镇供水,关掉当地水厂。像三冬这样的临时工,张军见过不少。一旦工程竣工,几乎都被遣散。

6

周一开工程例会，队长黑胖说，第二个农村小康供水工程是改造崖头山的管网，仍然由张军负责，要求七月下旬竣工。张军暗自叫苦，从上月到现在，比打仗的强度还大，不给喘口气的机会，工人们要被压坏的。心里这样想，嘴上却不敢说。虽然自己当分队长了，在黑胖甚至那些个老员工的眼里，他仍然是做活儿的人。每次回工程队，他总笑着脸，给这些人主动散烟。唯有在分队，面对合同工，他才有一种小麻雀归林的放松感。

会后，张军私下给黑胖汇报了难处。黑胖撇一撇嘴，拍拍张军的肩头说："事实证明，你是能够打硬仗的，所以才继续给你加码。别急，会给你增援。"张军问："援助多少？"又补了句，"谁来？"黑胖说："我请示过戚总，还是老将带新兵的方式。新兵不用愁，老将呢，让大超协助你，你跟他搭档多年，默契嘛。不过，你必须拿出舍小家顾大家的精神，不然任务肯定完不成。"张军在心里打了个闪，脱口道："大超不适合……我是说，大超没当队长，好像有点失落，我天天使唤他，怕他……"黑胖压压手说："嘁，自作多情。不瞒你说，你这个队长，戚总最初考虑的第一人选是大超。人各有志，他不愿当，不能勉强。"

张军猛提一口气，啥都明白了。城区北部离大超家太远，当初他要顺了领导的美意，便很难照顾好柳静。自己捡了个便宜，还以为大超心里怀着妒忌呢。张军又说："大超是主水厂的顶梁柱，不能顾到这头松了那头啊。"黑胖还很派头地压压手说："厂子才添了几个新人，抽调了大超，生产瘫痪不了。行了，我心里有数，去执行任务吧。"

这边说完，张军准备回北部工程分队，又老觉得还有啥事儿要办，但一时半会儿又想不起。刚离开公司，张军接到慧萍电话，他一下想起三冬，赶忙打道回府，从慧萍那里拿到了三冬的合照。可张军现在没心思上黄砂山找三冬，当天夜里，他辗转反侧，脑海里一会儿响起大超敲打泵壳的声音，一会儿浮现出柳静的模样。天蒙蒙亮，张军给大超发短信：领导又要派你来北部，千万别接招。大超很快回复，收到。张军一下轻松了，靠在床头，接连抽两支烟，烟雾把灯光染成幽蓝色。

援兵到位，果然没大超，张军满意极了。可第二天，大超来了。他解释说："厂长给我谈了这事，我说离家太远推掉了，可戚总又找我说，工程分队有休息房。去年我就拒绝过他……这次真找不出理由……"张军忙说："行，那你就住这儿，把嫂子叫来一块儿住吧。"说着，有工人从他俩身边经过。大超一下铁青脸，低声道："再提柳静的事儿，我不客气了。"张军吓得马上噤了声。

大超每天准时来，几乎天天加班，来来回回，依旧骑单车。过了些日子，他的脸黑里带灰，隐隐泛青。工人们没有睡午觉的习惯，大超想打盹了，就一支接一支地抽烟。张军看在眼里急在心里。那天，张军跑总部办事，回来后对大超说："我给领导请示了，现在加班时间太多，老不回家老婆有意见。领导默许，干活太晚，可以用一用工程车，让我别张扬。"大超不吭声。张军抱臂说："不为难你啊，车嘛，你爱搭不搭。"大超嘴唇碰两下，张军以为他生气了，没想到，他手啪一声地搭在张军肩头，说："谢了。"

其实，张军压根儿没请示过黑胖。要知道，加班的同事何止他一个，这理由能行，别人都行，公车管理不就乱套了吗？张军的做法是，一旦要公车私用，就先等工人们收工散伙后才唤上大超。早晨呢，张军跟他尽量来得早些。这也算率先垂范嘛。

大超的精神多少有些好转，脸上恢复了黑堂堂的气色。六月的天，太阳已经烧得很旺了。村民们再闲，也没人愿意跑工地看热闹了。大伙儿歇工时，就凑一块儿胡诌乱侃。那时候，大超也坐过来听。听到荤段子，他咧嘴笑笑。那光景，仿佛回到了当年在厂子的日子。搭车回家的途中，张军跟他大多聊工程的事，偶尔提及柳静。张军这才知道，柳静患病后，声带萎缩，肠胃功能越来越差，现在几乎只吃流食。无论大超回去多晚，都要熬粥炖汤，用电饭锅煲上，备着柳静第二天吃。

每次送大超到池塘处，张军马上减速，慢慢驶过去，因为他怕柳静听到声响，知道他又来了，心里有畏惧感。每次离开呢，大超都站在瓦檐下面，静静地目送张军。

不管怎样，大超的心情一天比一天顺畅。干活时，他的小动作又出来了。比如，老练地从烟盒底敲出一支烟，舔一舔烟头，倒过来，叼上过滤嘴头；放下焊枪，一边抽烟，一边弯过手臂，去挠后背，肩胛骨一耸一耸地动。见到大超这状态，张军比他还高兴。张军说："下午抽个空，跟我走趟黄砂山。"大超不明所以，张军挑一挑眉头，说："带你见个老熟人，你认识的。"大超吧嗒吧嗒吸几口烟，想不起是谁。张军笑一笑，从工程车里拿出照片。大超看了一会儿，手指在三冬的脸上抚一抚，又拍一拍自己的脸颊，说："哎哟，怎么把他给忘了。"

话语间，俩人转过身，默默地眺望远处的黄砂山。

7

当年的瓦坪镇水厂关闭后,场里每天都有爆管。走了三冬,原来那张像蜘蛛网一样的管网谁都理不清,维修的时候十分吃力。公司一鼓作气,决定彻底改造场镇的水管。那会儿,张军已经转战到县城最北边的一个小工业园区工地,是大超随工程队来瓦坪镇的。由于缺少资料,新旧水管碰头时,要花费很多精力。黑胖被逼急了,就托张军找游正林,希望他这个"活地图"能协助工程队施工。哪知道,游正林揉揉鼻子说:"你们改造用的水管,让我来供应吧。"他卖的杂牌货,黑胖哪可能答应。游正林就推口说,自己生了一场病,记忆力差,拒绝了。

改造必须实施。几条主街的工程进行得还算顺利,可小街小巷的水阀门大多找不到位置,工程队只好断水来做。居民没了水,催得厉害。黑胖被逼急了,这才想到三冬。他多少能记得一些管线走向,或许能帮上一点儿忙吧。

黑胖知道张军帮过三冬的忙,就派他联系三冬。电话接通,山里的信号很差。"知道了,知道了。"三冬说,声音颤颤的,不知道是激动还是窝气。傍晚,三冬手里捏着一顶草帽出现了。蓝布衣裤,眼角的褶皱深了些,头顶多了些灰点,看着像长了老年斑的鸵鸟蛋。见到张军,他说:"不好意思,正在家里封桃树哩。"然后摊开草帽,从帽子里面取出一叠皱巴巴的纸,"幸好我留着。"打开一瞧,黑胖眼都亮了,是一张张图纸,画有房屋、道路、电杆,最重要的是管线。原来游正林离开厂子后,三冬每次维修完一个地方,就把管线和节点的位置记下来。"图纸"像小学生的作品,看着实在业余,可对于工程队来说,已经可以大松一口气了。黑胖乐得心花怒放,正准备散烟给他,三冬忙从自己的裤兜里掏出一包皱巴巴的"天下秀",给在场的人每人发一支。轮到大超那里,烟没了。三冬一脸窘相,黑胖咧嘴笑笑,把他那支拿给了大超,从自个的蓝娇烟里掏一支抽。三冬挠挠脑勺,脸笑成核桃壳地说:"我外行哩,凭感觉画的,不知道你们能看懂不?需要我帮忙的话,随时说一声哩。"

  黑胖当即表态,临时聘用三冬协助水管改造。说是协助,无非让他帮忙指指管线位置。就这样,三冬又回来了。张军的任务完成,准备撤离。临走前,三冬拉住他说:"你走了,我怕……怕他们笑话我哩。"张军忙把大超介绍给他说:"我哥们儿,有啥事跟他说。"三冬忙掏出烟来发,是一包没有开过封的"天下秀"。三人待在原地吧嗒吧嗒抽了一会儿,张军聊起自己在工业园区的工程。三冬听罢，吞吞吐吐地说："张军兄弟，想跟你商量个事儿，行不？"张军瞧着他的窘样，笑呵呵地直点头。三冬咽一咽口水，朝黄砂山的方向一指，说："我正愁着每天怎么来上班哩。我住在大山腰往上的地方，每天从东面下山，带走带跑差不多要四十分钟，再到这镇上，还得半小时。骑自行车吧，一路下陡坡，刹车片受不了；下了班呢，车子蹬不上山，只能扶着龙头把车兜回山里，实在费劲儿。刚才听你一说，你安装水管的地方离北面的山口不远哩。你每天开工程车，能不能稍微绕一点儿道，来北山脚搭我一程路，然后顺道在瓦坪镇刹一脚，你再去工地？你的工地要完工了，我还走老路。"

张军哈哈大笑，欣然同意。

有了张军的相助，三冬省了不少时间和精力。他每天提一个装有"图纸"的文件夹，跟大超大街小巷地跑，脚步像踩在弹簧上，饶有节奏感。他问大超："你看我像工程师吗？"大超觉得像乡村邮递员，嘴上却说："像像像，要戴个安全头盔，更像。"他摸摸脑袋，真当回事地说："有空的时候，找顶头盔让我戴戴吧。"

两三个月以后，三冬的任务差不多完成了。可他依然来瓦坪镇，在工地上转悠。公司用的水管是新型材料，叫PE管。用热熔机把两根水管的管口烫软，一粘就成。三冬买包烟，递给大超说："师傅，能让我试试这热熔机吗？"大超真教了他。隔了两天，哪个工人累了，他就主动接过活儿来，做得一脸灿烂的样子。街坊邻居逗他："咦，三冬，你这是当师父还是当徒弟啊？"三冬眉眼舒展地说："不难哩，只是以前没人教。"

　　工程竣工后，公司要拍工程人员的合照，存在供水历程的档案里，还提醒大家记住戴头盔。大超一下想起三冬，征得黑胖的同意，把三冬唤上了。翌日，天空瓦蓝瓦蓝的，跟玻璃一样又薄又脆。三冬穿件白衬衣，逆着阳光走来，身上泛出一圈白，特别有画面感。黑胖却笑道："必须统一着装。"然后拿出一套工装，连同安全头盔给他。三冬换上后，瞅瞅胸前的标志，扶扶头盔，满脸神圣。

　　拍完照，三冬拉大超一边问："工作制服能送我吗？"大超请示黑胖，黑胖摇头说："衣服不管钱，可不是我们的员工，不能穿，怕万一生出事儿，影响公司形象。"又顺口道，"要不，我给三冬拍张单人照吧。"还真拍了，三冬想说点什么，见大伙儿忙着收工打烊，忍住了。回山里后，他给张军打电话说："张师傅，公司给我拍了单人照，我不知道该找谁拿，到时能帮我问问吗？"

　　张军连声允诺。

　　大半月以后，公司开职工会，张军专程到综合部取照片。慧萍在电脑上找了半天说："三冬是瓦坪镇水厂的临时工，我有印象，还以为那天你们随手拍，没在意。他不是公司的员工，个人照片不会存档案，加上拍的效果不好，顺手删掉了。不过，这儿有一张合照呢。"

张军瞧了瞧，三冬小个头，本该在前排，却站到后面的最边上。他分明是踮着脚的，脖子伸得很长，可左脸部分还是被遮住了。张军担心他失望，暂时没拿照片。冬天的时候，他去北部片区施工，想起这事儿，给三冬打了个电话，不通。那以后，张军忘了这事儿，没再联系过三冬。

没想到，这一忘就忘了七年，不仅忘记送照片的事，连三冬这人也快忘掉了。幸好，还有慧萍记得三冬。如果不是她的提醒，三冬这辈子都可能拿不到这张照片。思忖间，张军又有些庆幸和欣慰。

8

　　当天下午,张军和大超开车来到黄砂山的黄峰腰。在山腰的不远处,曾经有座黄砂小水厂。黄砂山太远太高,城区的水要送上去,除开铺一根主水管,还必须修好几级加压泵站才行,每吨水的成本接近三十块钱。前年,县领导铁下心,终于把这一关攻克下来,水厂也改造成加压站。但山上的管网太多又分散,管理实在麻烦。戚总就想了个法子,在山上聘兼职维修工帮着维护。

　　这会儿,张军想找个人打听三冬的消息。他放眼环顾一圈,马上绕道去山腰的一个坡边溜达了一圈。那里有个中年人正蹲在地上修水管。身子瘦小,手臂却粗大。地上摆了生料带、麻线和一堆PVC管件。见了张军的车,中年人知道是水公司的人,赶忙站起来问好。他微弓着腰,目光生怯,像极了早年的三冬。

　　张军巡了遍水管,说:"野外最好不用这水管,老化很快的。"中年人说:"我们也想用PE管。可这坡上坡下没电源,热熔机用不了。"大超接嘴道:"配一台发电机不就得了。"对方叹口气说:"这山里,有时修一个漏水点,要走一个多小时。抬发电机的话,活儿还没开始做,手就没劲了。"张军点点头,沿着挖出来的水管走了一圈。安装得有些粗糙,严格依照工程标准,是过不了关的。不过,阀门都砌了小井。到坡顶处,张军惊讶道:"不错啊,知道高点处要装排气阀。"对方说:"是啊,我们师父教的。"张军问:"谁啊?"他说:"三冬。他可见过世面的,瓦坪镇的水管也是他改造的。"张军顿时激动地问:"他在哪儿?现在怎么样了?"中年人说:"三冬离开瓦坪镇水厂后,他儿子在外省打工,他帮着带了两年孙子。回来后,三冬师父没事就来看我们修水管,有时亲自动手做,教了我们不少技术。"张军问:"哦,在黄砂水厂上过班,对吧?"对方说:"原来这山区水厂,工资都经常发不出来,哪来钱请工人啊!三冬师父是义务做。"

大超唏嘘一声。

张军猛提一口气,心里莫名一阵愧疚。

请三冬"出山"的那年,他兑现承诺,每天在黄砂山的北山口接三冬。最初几天,三冬提着早餐等他。不过,早餐从最初的大肉包变成了花卷,花卷又变成馒头。张军干脆说:"我习惯了在家里吃,以后各吃各,省点事。"三冬坚持要带早餐,张军说:"我不喜欢吃面食。"三冬这才不说话了。那以后,三冬钻进车里就打瞌睡,有时还滚起细鼾来。他说:"在车里睡觉,特舒服。"快到瓦坪镇时,张军会故意猛踩一脚刹车,三冬就发梦癫似的一抽搐,拭拭嘴角,抹一抹脸,整个人马上像灌了浆的植物,精神满满了。

仲夏时分,张军的园区工程快竣工了,三冬的使命也基本完成。三冬提出请客,他说:"就咱仨……仨兄弟,你、大超和我。"张军和大超对视一眼,有些犹豫。三冬忙说:"黑胖队长才给我发了工资。"

张军俩一下笑了。

晚上,三冬挑了家烧菜馆。张军准备点两杯散装枸杞酒,三冬手一挡,直接改成瓶装泸州老窖。他说:"刚领了上个月的薪水,比我之前在水厂上班高很多哩。"张军和大超也不客气了,袖子一挽,大快朵颐。三冬呢,似乎有心事,每次敬酒都一副欲言又止的样子。直到喝最后一杯扫尾酒的时候,他笔直站起来,又忙微弓着腰,双手举杯,说:"等拿到剩下的薪水,我打算买辆电瓶车。以后还有用得上我的地方,随时唤我,到时不用搭车给你们添麻烦了。"张军打个饱嗝,客套地说:"以后有需要兄弟我帮忙的地方,你也随时说一声。"大超连声附和。三冬愣了几秒,眼睛一下泛红。他仰脖灌下杯中酒,把凳子挪一挪,挨着张军坐下,低声说:"我真有个请求,黄砂山有个小水厂,你能给他们厂长说一声,让我在那里上班吗?"张军摇晃两下脑袋:"那厂子,我们还没接手,由地方乡镇管理呢。"又瞄一眼三冬,"不过,我有空问问吧。"三冬连声道谢。

后来,张军真托人打听过。可乡镇领导反馈说:"现在厂子暂时不缺人,以后有机会了,优先考虑三冬吧。"张军本想给三冬回个信,又觉得事情分明还悬着的,终究作罢。

这会儿,中年人又说:"三冬就喜欢这手艺,每次教会一个人,他就……就特别开心。对,他最喜欢别人叫他师父呢。"说完,开心一笑。

张军沉吟一会儿,问:"他人呢?"对方指着对面的石斗坡说:"前年生病走了,就埋在那边。他儿子难得回老家,我们山里人上坟,如果顺路,都会给他上炷香的。"

张军怔了怔,掏出那张合照,捏在手里不知所措。

离开黄峰腰,张军和大超去了石斗坡。坡上八座坟,六座有墓碑,但没找到三冬的。两人只好在另两座无名坟包前拜了拜。张军再次掏出那张合照,点燃,照片在火苗里慢慢曲卷、缩小,化成一团灰烬,如同三冬飞向另一个世界,身影慢慢隐退,变成一个小点。完了,两人各捧一小撮纸灰,撒在泥土里。

下山时,七弯八拐的山路,烙满了大大小小的脚印。张军问大超:"你说,这些脚印里,有三冬的吗?"大超想一想说:"每个脚印,他应该都踩过吧。"

继续前行,夕阳越来越浓地洒泼下来,在山路间流淌出一条条光河,如梦如幻。那一串串脚印,像丝带,紧紧地系住了这满山的梦河。

9

驶进柳庄村，夕阳早已落山，村庄如墨，静得像一幅画。拐过池塘，张军一眼瞅见柳静正坐在窗边，静静地看外面。昏黄的灯光映照出她模糊的身影，张军心里一热乎，跳下车子，大步朝屋檐下走。柳静侧过脸，把轮椅往后移。张军知趣地止了步。大超笑道："柳静知道你天天送我，每天躲窗后瞧，想不到今天露脸了。"张军开心地嗫嗫嘴，舌头在口腔里弹两下，大超又说："要是哪天没见你来，她总要问是怎么回事呢。"张军更加乐滋滋了，夸张地缩起下巴，努着眼睛往窗边望过去。

柳静已经退出两人的视线。

张军有些不甘心，便拉着大超蹲在池塘边抽烟。他想，没准过一会儿柳静又在窗角边看呢。张军故意将烟吸得吧嗒响，烟头红亮亮地闪烁。他还把手搭在大超的肩头上，做出哥俩特好的样子。

抽完两支烟，没听到任何动静，张军这才告辞。

倒车、调头，他尽量不弄出响动，不是怕惊扰到柳静，是不想让柳静知道他走了。张军甚至盼着崖头山的工程慢点收尾，这样就可以天天送大超，天天看到柳静，感受到她内心的变化。

可这事急不来，张军只能耐心等待。那天，他等来慧萍的一个电话，说有人举报他公车私用。安监部管车辆，小钢炮带着邓副部长来分队调查。盘问、拍照取证，又让张军在质询表上签字。张军对事实供认不讳，也说了一大堆理由。工程忙、加班多、来回路程远，但闭口不提送大超的事。邓副部长听后，帮着张军找理由，说："这跟以往的公车私用有区别。北部分队离县中心远，开车上下班，是为争取更多的干活时间。再说，没把车停在自家呢。"

小钢炮甩了他一眼。要知道，在小钢炮眼里，调查张军是小菜一碟。他故意唤上邓副部长来，是想让场面"大"一些，出简报的内容更丰富。他压着火气说："小邓，你那解释，说给戚总听吧。"

回公司邓副部长还真向戚总说情。

戚总赏罚分明，他说："功是功，过是过，这事必须严肃处理。"

大超知情后，脸黑成木炭。他说："我给戚总把事情说个明白。"张军说："你考虑过嫂子吗？要是大伙儿知道她的病了，都热着心肠去看她，后果怎么样？"大超身子一撑，还想去。张军拽住他说:"只能怪我,占了公家的小便宜。以后骑摩托车送你不就得了?"

大超晃一晃身子,这才慢慢坐下来。

这一来,张军每天用摩托车搭着大超,风驰电掣地跑。遇到落雨天,硬着头皮往前冲,风嗖嗖地直往脖里灌,张军咬住牙,把车把头握得紧紧的,大超不停地帮他捋衣领。张军哈哈大笑,说:"刺激!"一路到村子,两人被淋个半湿,泥泞沾满裤腿。

柳静在窗边停留的时间在一点一点增多。四秒、六秒、八秒……张军小心翼翼地靠近柳静。一步、一步半、两步、三步、四步……小暑之后,张军终于走到瓦屋檐下。隔着纱窗,张军看到柳静在静静地望他,柳静还轻轻抬起手,朝他微微挥动。张军保持平静,向柳静点点头,仿佛这是俩人日常的寒暄方式。完了,侧过身,跟大超一边抽烟,一边欣赏池塘的风景。微风拂过,在塘面划出好看的细波纹。晚霞如飞,给村子抹上浅金的光彩。

张军离开前,大超掏出一包没开封的烟,递给张军说:"辛苦你了。现在工程不紧了,不用再送我。"张军很不客气地把烟塞回给他,说:"少来这一套!我不仅送,还要天天送。哪天嫂子能请我到屋里坐会儿,我就不送你了。"大超沉默着,张军担心自己说错啥话了,大超却头一抬,说:"肯定能成。"

没想到，老天爷接连下两场雨，工程停工。张军一个人待在分队，百无聊赖。待到第二天下午，几缕阳光晃荡着出来了。张军早早下班，路上接到大超电话。"兄弟，在干吗？"声音有点儿急迫感，张军心里紧一下，大超接着说，"柳静想见你呢。"

张军怔几秒，冲着听筒哈哈哈地大笑几声。

到了村子，夕阳软软的，红得像橘。张军刚转过池塘，就望见大超用轮椅车推着柳静，在屋子边转悠。大超眼神沉静温煦，又浸着黄昏般的忧郁。他俩罩在金色的轮廓里，柳静慢慢抬起纤弱的手，轻轻拉着大超。大超的嘴角一下绽出孩童般欢心的笑，仿佛他一生的幸福都聚在了那里。张军很想拍两张照，手机掏出来，抬头，看到柳静枯萎的脸，终究作罢。他笑着走上去，帮忙推车。柳静偶尔扭扭头，大概是想瞧瞧张军。张军马上跑到车子前面，转过身倒退走。柳静歪着僵硬的嘴角，努力笑一笑，马上低下头。很显然，柳静不好意思让别人盯着她病态的样子看。张军马上打几个转，转回到推车后面。

少顷，大超推柳静进屋。张军站在门边，不知道该不该进去，便点一支烟抽，在外面等。过了一会儿，大超唤道，进来坐。张军呵一声，抬腿往门槛里迈，又缩回来，把烟头往不远处的水洼坑里一弹。烟头打几滚，像猴子翻筋斗一样跳了进去。进屋，见厨房的炉上有大水锅，飘出艾蒿味儿。客堂静默得有些苍凉，瓦屋顶有光洒下来，像凌乱的雪花在飘。柳静从嗓子里艰难地挤出三个字:"队,长,好。"那声音让人联想到变形的易拉罐。张军猛点头,笑眯眼地回道:"嫂子好哩。"大超挪来藤椅,放上软垫,将柳静抱过去坐稳。又端一条长凳给张军说:"不好意思,平日也没备多余的凳。"

大超钻进厨房,打开大锅瞧瞧,又揭开另一个炉灶上的小锅看看说:"兄弟,饭菜还欠点火候,我先给柳静擦擦身子。"张军忙说:"没事,我……我吃过饭了。"大超说:"少来这套。要在平日,想留你吃饭还不好意思。"张军好奇这晚餐啥样子,就呵呵地答应了。

大超把大锅里的药水倒在桶里,添几瓢凉水,温度调合适了,提进卧室,再抱着柳静进去,关上门。张军坐了一会儿,听到有很轻的啪啪声传出来。张军知道,大超在给柳静拍身子。这种病,必须多按摩,活络筋骨血脉。柳静再次出来,换了身素色裙。大超摁一下墙角的按钮,日灯光颤颤地亮了。张军赶忙帮着拾掇碗筷。菜很快上桌,家常猪血和冬瓜圆子汤。大超挑出冬瓜肉,用筷子夹碎,挑一小块,喂她嘴里,又不停夹猪血,在嘴边吹两下,放她碗里。柳静笨拙地用勺舀着吃,她胃口小,吃得慢,表情却很享受。张军看着,心里酸酸的,一点儿食欲也没有,但他依旧大口地往嘴里塞菜。大超破天荒地话多起来,跟张军聊工程上的事,说这次工程效率高,质量好,分队保准得到表彰。张军配合地应和:"你是技术主力,肯定会评为标兵。"大超笑道:"我要当了标兵,也是你这个队长推荐的,到时还请你来吃饭,对,一定喝两杯……"

柳静歪着脑袋听。夜风从窗外涌进来,吹得客堂有些微的凉意。大超把窗关上,风没了,汤的热气直往上升腾,缭绕着灯光,添了些温暖的味道。柳静却半眯眼打起盹来,嘴角挂着一丝笑,呼吸均匀。大超轻轻背上她,朝卧室去。张军赶忙告辞。

刚迈出门槛,他眼角倏忽润起来。

天彻底放晴后,张军拼命抢工期,不然怕遇到汛期高峰,完不成任务。大暑那天,只剩下两个阀门在砌井,一个超声波流量计的远程传输在调试。管道已经通水,崖头加压站开始试运行。张军站在泵房的观察台上,长啸一声说:"兄弟,竣工啰!"大超靠着栏杆,双手抱臂,沉静地俯视着飞速旋转的机泵。

大超即将回厂子,张军坚持送大超。

过了几日,柳静不现身了,张军有些沮丧。大超说:"前两天她受了些热,身子有点不舒服,正在吃药调理。"然后掏出手机,"你听。"张军屏住呼吸,听到一种像被压扁的声音传出来:"队长,你……好,谢……谢你。"大超一遍一遍放,张军一遍遍地听。他说:"嫂子很快会康复的。"

大超点点头,脸色有些凝重。

接下来,公司即将改造百坡山的供水加压站,这是最后一个小康供水项目。张军心里一下绷紧,这工程在西区,跟北部分队没啥关系，但改造泵房，大超多半又是主力军。这意味着，大超还得早出晚归，很难周全地料理柳静。当天晚上，张军做了个梦。梦里，他和大超在供水站敲打水泵壳，柳静站在一边看。叮叮当当的声音，清脆明亮。阳光照进来，暖乎乎又凉瓦瓦的。

醒来，张军更加担忧柳静的病。

上班，张军直奔综合部，给慧萍说了柳静的情况。又强调，千万保密。慧萍直摇晃头说："天啊，怎么会这样！我见过柳静两次，印象特深，想不到……我会想法子帮大超。"

张军顿时轻松不少。

慧萍很善解人意，且不说他仨人是多年好同事好朋友，就算其他员工找她帮忙，只要诉求合理，她多半能把事情办理妥帖，是非常值得信赖的办公室主任。

10

百坡山加压站的改造，由黑胖亲自操刀。他做的第一件事就是"招兵买马"。张军说："分队支援四名吧。"他的想法是，多出几个人，省得抽调大超。黑胖嚯嚯两声："你嫌分队人多？笨蛋！"说完，啪地挂断电话。张军傻眼了。黑胖分明想从其他部门抽调技术工，大超能够躲过这一劫吗？张军忍不住给慧萍发消息，追问托嘱的事。估计慧萍在忙，她只回了个"奋斗"的表情。张军心里更不踏实了。

隔了一日，参加百坡山工程的名单出来了。张军来回瞧几遍，分队抽走两个工人。这不重要，重要的是，没大超的名字！他跟中了彩票一样欣喜若狂，衔一支烟在嘴里，猛吸一口，全部吞进了肚里。

张军亲自到综合部，跟慧萍道谢。慧萍小声说："成是成了，可我擅作主张，给戚总交了底。不这样，我真不知道怎么说服他老人家呢。"

张军沉吟几秒，开朗道："只要戚总保密，不是坏事。"

慧萍扭扭嘴唇，说："放心，这事连苏副总都不知道呢。可是，戚总吩咐我到大超家走一趟。"张军脑子一下翻起过山车。他说："不行，柳静怕见外人。"慧萍说："戚总是想看公司能不能给点帮助，说来是好事呀。柳静的心情不正在一点一点地改善吗？现在只有你能接近她，给她信心，说服她，使她乐意接受公司……其实，就我一个人的慰问。"

回分队的路上，张军琢磨，柳静的病是没办法治好的，但保持个好心情，可以减缓病情恶化。所以，不光百坡山的工程不能再让大超参加，往后走，公司真应该多关照大超。比如，给他调个轻松点的岗位，腾出时间多陪陪柳静。要实现这个愿望，公司不出面不行啊。

翌日，张军再次去大超家。他把时间掐准在八点整。跟他预计的一样，大超夫妻俩刚吃过晚饭。大超正在喂柳静喝中药。药碗里插着吸管，大超半蹲在轮椅前，捧着碗，柳静就用嘴衔住吸管，一小口一小口地吸。张军站了一会儿，从大超手里接过碗，也半蹲着，准备喂柳静。他说："今天单位搞调研活动，我难得不跑工地，就专程来瞧瞧嫂子。"柳静先是犹豫，头扭一扭。张军把碗稍稍举高，头低着，往肩头一偏地说："兄弟今儿坐得浑身不自在，想活动活动筋骨呢，请嫂子准奏。"柳静眼睑跳两下，嘴角浮出一丝笑，慢慢地衔住了吸管。

客堂很静谧。张军挨着柳静，听到她吞咽药汤的细微声音,心里一阵阵发酸,可他脸上努力保持平静。好不容易喂完,张军唰地起身,腿麻了一下。他拖来墙角的独凳,一屁股坐下说:"今天抽空,把工程的加班表报给了综合部。慧萍提醒我,说大超辛苦,加班时间必须算足,千万不能亏了你。"大超笑一笑,张军又说,"戚总很信任慧萍姐,超过信任苏副总呢。"大超说:"她人好,只要员工有合理的诉求,找慧萍帮忙,她几乎都能说服戚总。"张军说:"不光如此,她记性好,像你这种从不要奶吃的孩子,慧萍会主动想到你呢。"大超回道:"慧萍比我们还早些到公司,她对员工的感情最深。"说完,暗自纳闷,张军怎么突然特意夸起慧萍呢?

"对了,"张军一拍大腿,"慧萍还问起莫嫂在做啥,她记忆超好,说十多年前见过嫂子一面,如今还惦记着。"

大超脸色变一下。

"我……我就回了句,嫂子暂时没上班。慧萍姐埋头看了一会儿资料,又抬头说,你跟大超关系好,他和他家属有什么困难需要帮助,只要合理的,都可以跟我沟通。我……我赶忙离开了。"

大超小小舒一口气,侧头看看柳静。她斜靠在轮椅背上,嘴微微翕动,眼睛盯着地面看,吃不准她是个啥情绪。张军继续说:"嫂子的事,我想跟慧萍单独说说。我的想法是,不要公司一有紧急工程,老抽调你。"

"别说了。"大超声音不大,但话很硬,"这事,到此为止。"停顿两秒,他语气软下来,"谢谢兄弟关心。"说完,推柳静进寝室,出来,到厨房里淘米熬粥,给她备明儿的餐饭。

张军知趣地告辞了。

过了两日,大超打电话给张军,声音涩涩地说:"兄弟,晚上有空不?请你喝酒。"张军喊一声:"早不请晚不请,这个时候献殷勤,你小子太功利了嘛。先照顾好嫂子,等她康复后,你不请我自来。"

令张军意外的是,不久大超打来电话说:"柳静同意慧萍来看望她了。不对,是柳静想见见慧姐,想当面感谢她。"

接完电话,张军兴奋得一拍大腿。太不容易了,柳静为着公司能给大超一点小关照,居然鼓起勇气见外人。或许,柳静骨子里是渴望与外面接触的,希望从这个世界得到关怀。张军越想越欣慰,眼睛有了雾雾的感觉。

看望柳静前,慧萍叮嘱张军,不要提前给大超说,省得他在家张罗。张军悉听遵令,提前在公司等慧萍。每次回总部,张军会到维修队、工程队走一走,每次都免不了散出大半包烟。正式工们接过烟,喜欢摆老资格地说,小张不错,从不忘本;军军保持这份谦虚,以后咱们继续支持你。张军总是笑脸应和、道谢。今天呢,这些人在聊起上半年招聘的事,说五个新人的试用期到了,戚总开会,正商量他们定身份的事。张军沉默着。要知道,每次招聘,总有隐形神仙打招呼,请关照某某，把身份定成正式工。自己呢，虽说提干了，身份没变。新人一旦签成正式工，过不了三五年，待遇就能超过他，谁遇到这情况都不爽。

等慧萍开完会，忙活完，快六点了。张军求证听到的小道消息，慧萍说："是呀，戚总顶住不少压力，结果还是有一个人签成正式工。戚总催着今天签协议，省得夜长梦多，生出更多的意外。"

张军咧一咧嘴，没说话。

慧萍又说："开完会，本来戚总让我参加一个应酬，我说，之前慰问了柳静，柳静要表达谢意，约我俩今天吃饭，推也推不掉。"又哎呀一声。张军刹一脚，慧萍忙说："没啥。"

到目的地，大超正蹲在瓦檐下洗衣服。屋里亮着灯，昏昏暗暗的，像一团雾气。大超接过慧萍代表工会送的一小箱水果，说："咋不提前说一声，柳静病没好，早早休息了。"慧萍担心吵醒她，就在门口寒暄了一会儿。大超说："这段时间，天气变化大，柳静受了些凉，肺部有轻微感染。"张军提醒说："气象预报近期有大暴雨，好好照顾嫂子。"大超说："下雨不担心，反倒一热，柳静内分泌容易失调。"慧萍接过话头："专家说了，今年成都热不起来呢。"大超点头，说："但愿吧，好好静养些日子，应该没大碍。"

这一说，慧萍又想起什么，心里不踏实起来。

翌日，慧萍刚到单位，苏副总就召唤她。如她猜测，昨天戚总听到柳静邀请慧萍，认为她的心理障碍消除了，便把柳静的事告诉了苏副总。现在，苏副总说："怪我关心员工不够。我分管生产，准备挑个时间去看望……"慧萍打断道："莫嫂不见外人。"苏副总愣了一下，说："那总得宣传宣传大超吧。这事儿，劳驾你费个心。"

慧萍含糊地哦一声。

当天，慧萍在地铁广场做节水宣传。下午四点过收场，天气正好，太阳温温软软的，照得人心情舒畅，慧萍决定再到柳静家走一趟。她还是联系张军一块儿去。结果，张军说："我和大超正在回公司的路上，找你有事商量。"

慧萍心里莫名忐忑着。

碰了头，大超说："今儿苏总给我说，公司要宣传我。"慧萍哎一声："瞎折腾。我会跟苏总沟通，把这事推掉。"张军又说："慧姐，宣不宣传，我觉得无所谓。关键是能不能借这次机会，多给大超一些关照。"大超眉头抖一下，低头不语。半晌，他说："这一回，柳静的病老好不彻底。要真能像张军说的那样，倒也挺好。"

大超都这样说了，慧萍跟着动心。她回道："尊重你的意见。可你绝不能答应其他人来打扰莫嫂，不然弄巧成拙。这一点必须坚持呀。"大超连连点头说："柳静这两天状况不太稳定，看样子一时半会儿恢复不了，的确需要静养。"慧萍听着，只好暂时取消看望柳静的念头。

第二天，慧萍把目标督查的一摊琐事搁一边，亲自赶出宣传报道。提及柳静的病况，简简单单写了几句话，剩下笔墨全集中在大超身上。苏副总看后，亲自"润色"，加了些煽情的内容。

报道出来后，大超成为公司的焦点人物。他到公司办事，同事们纷纷把头探出窗口，目光在他身上跳跃，那架势像极了"追星族"。大超到材料部领水泵配件，在工程车后厢装货，他的每个动作，每个神情变化，都成了员工们眼里的特写镜头。就连戚总、苏副总见到大超，都主动跟他握手寒暄。大超成了一块刚切开的老玉石，光芒唰地四射开来。而慧萍每次碰上他，都能读到他眼里的感激，那里面又藏着某种期待。

慧萍自然懂得大超的心思。

那天，趁老苏给戚总汇报工作，慧萍故意冒昧闯进去，找戚总签阅文件，把话题引到大超身上。苏副总浑身带劲儿地说："大超的事迹，宣传效应很大。我建议公司增补他为职工代表，发挥他的典型示范作用。唯一的遗憾，就是缺一张大超照顾他老婆的照片。等他老婆完全接纳外界了，我一定找个机会亲自慰问……"

苏副总说了一大通，听得慧萍耳朵发胀。戚总问："大超家有没有什么困难需要帮助？"慧萍马上接嘴道："给大超暂时调个岗位吧，他好腾出时间照顾柳静。"戚总想了一会儿，犹豫地问:"调在哪儿合适?"

"综合部连我五人,除开司机,其他全女的。绿化、车辆、基建维护管理,真需要个男同志。"慧萍声音越说越亮,"大超适合!至于厂子走了大超,但上半年派了几名新员工去锻炼,师傅带了这么久,对工作应该没大的影响。"

这主意,是慧萍早酝酿好的。她说的后勤杂务,并不像文书工作,烧脑还经常加班。大超真来了,她会半眯眼地"管理",灵活安排他的时间。戚总端起杯,到饮水机前倒满水,来回走两步,说:"综合部的杂活,叫那些个养尊处优的正式工来做,没准叫苦喊累。对于大超这样的老黄牛,真算闲岗。老苏,你啥意见?"

"同意。"苏副总爽快回应。

大超隔天到综合部报了到。慧萍把工作大致交代了一遍,大超打算到食堂和停车区实地走走,慧萍看看窗外,说:"下周吧,你先回去照顾嫂子。"大超说:"没事……"慧萍笑道:"这是命令呢。"

大超像个害羞的女孩子,叉着十指,将手放在腹间,说:"谢谢了。"声音涩涩的,嗓子像卡了树叶似的。

11

气象局两次发布暴雨橙色预警,每次雷声大雨点小。不过,天闷得够呛,坐在办公室都直冒汗,慧萍每天都让大超提早下班。她和张军几次探问柳静病况,大超总说,没大碍。

周六那天,又有六十毫米雨量的黄色预警。傍晚,果真淅淅沥沥落起雨,这样的雨量不算大,加之北部分队没有大工程,张军并不担心。不料,凌晨四点过,雨骤然增大,很快密如贯珠。窗外所有能动的东西都开始在狂风中摇晃,雷电和暴雨声交织,听着令人一阵阵心悸。天蒙蒙亮,黑胖给他打来电话,说水厂防洪告急,马上应急援助。

张军骑摩托车出门。中心城的洪水正一点点漫起来,道路的低洼处,许多轿车在水里艰难蹚行。张军不停地轰油门,在狂风和雨雾里一路穿行,冲得浑身泥水。到厂子,黑胖和几名工人比他先一步来。那时候,暴雨更猛了,垂直而下,打在身上,像鞭子,把人追赶得无处躲避。厂区斜坡处的水积有半米深。何、赵两厂长带着大伙儿一边跑,一边拉破嗓子说:"几台防洪泵的功率够，但厂外的排水系统负载饱和，大路上的水位早高出厂区，这里面的雨水哪还能排出去，现在快要漫进三号高压配电室了……"

在场的人紧张起来。真要那样，全县大面积停水不说，短时间根本恢复不了生产。黑胖声音发颤地问："怎么弄？"何厂长说："把高压配电室门口的沙袋加高。"说着，跑得更急了，脚后跟挑起水花，溅得张军一脸泥点。他沿着便道狂奔，遇到机修工在排洪井里关大阀门。张军知道，那是要阻断厂外排洪管里的水倒灌进来。再往前，几名制水工在液氯间换新钢瓶，准备加大消毒剂的投量。不远处，一台整装动力抽水泵站在暴雨里抖动着机身，把中控室外面的积水强行往污泥池里抽，泵箱上的故障灯在闪烁。

张军嚷道："这泵有问题吧？小心漏电。"

赵副厂长说："刚才问了大超，他调岗前检修过，机子没问题，只是指示灯坏了，没配件换，不影响使用。"

赶到配电房，房门紧闭。但因为散热要求，门本身设计了许多小孔。房外的积水像黑油一样，荡着荡着，眼看就要往挡鼠板以上的门孔里灌。工人们把外套一脱，扔在绿化台边，从旁边的大木箱里搬出沙袋，往门口加垒。垒到小腿高，赵副厂长接到电话，说加压泵站又进水了。何厂长马上掉头，迎面撞见大超骑着单车来了。

何厂长猛提一口气："你来了？"声音里夹着惊喜。

大超跳下车，抬头望望天，雨弹打在脸上，他揩一下眼皮说："抽到污泥池的雨水装满了，现在必须强制把积水向围墙外面抽排。"

何厂长依计发号施令。一拨人跑进库房拖出七八根消防带，一根一根地接在一块儿，最后连在动力泵站上。大超取出大锤和錾子，光着上身，在围墙中部打洞。他挥动臂膀，跟机器臂一样快速有力。錾子在墙砖上每撞击一下，他脑袋就斜偏一下，发梢间的雨滴聚在一块儿，形成一小抹水波，离心般地甩向地面。洞子敲出来，消防带穿出洞外，粗粗的水流涨满带子，不断地往外面排。暴雨没有减小，也没明显增大的迹象。厂区的积水终于维持在一个安全的高度。

何厂长长舒一口气，这才向戚总报了"喜"。接着，带工人们跑到取水口，启动活性炭应急投加处置。天色一点点亮起来，苏副总、戚总赶来了。安监部、维修队、工程队的员工们，还有慧萍带着马晓婷、李悦悦陆续下厂子。最后，集团领导亲临现场指挥。场面一下热闹起来，戚总对董事长感慨道："水公司啊，传统有传统的精神。您看，出现应急状况了，不管能不能帮上忙的，都一股劲儿地跑来加油鼓劲。"

如戚总所说，真正能干活帮上忙的，主要靠工人。他们分成几个小组，在不同的厂区疏导排水渠、调节混凝剂量，切换排水闸阀，检查每个高低压配电室、中控间的积水量。在大领导面前，慧萍也有心表现一下，就吩咐马晓婷、李悦悦到现场拍照摄影，她打算自个儿动手写第一手抗洪报道。马晓婷眨两下眼说："主任，让我来写吧。"戚总笑道："好，关键时刻，年轻人就应该露露手。"

慧萍心里晃荡一下。

安监部的小钢炮在技术活上帮不了啥忙，就主动跟李悦悦跑现场拍照。不久，白条河管理总局打来电话，说上游的水源浊度增高到两万多。大超马上开着工程车，带几个工人巡河，配合地方河道站调整截止阀开度，分流高浊水的流向。

到上午十一点，雨小了点儿。慧萍唤上两个文秘，到外面订盒饭。县里的各条战线都在抢险，每个单位的后勤人员都在四处订快餐，那些小馆子的生意火到爆。忙活到一点半，慧萍才将餐食全部保障到位。等大超回来，三点了。用完餐，雨终于小了。何厂长又带队，开始反冲滤池，启动沉淀池的刮泥系统，更换浸水的两台电机。这一忙，忙到傍晚。新闻里报道，这次的特大暴雨，在县里八十年不遇。专家解释说，旋涡云受到各种天象干扰，很难精确预测它落在哪个地方。

所有人骂气象局，骂旋涡云。骂够了，心情舒畅了，戚总送走集团领导，准备打小结，慧萍哎呀一声，问大超："这么大的雨，莫嫂一个人在家，没事吧？"大超目光诧一下，说："应……应该没事吧？"戚总马上唤来黑胖，叫他安排工人，开车送大超回家。

晚上，慧萍给大超打电话说："你明儿补天假吧。"又问,"嫂子还好吧?"

电话沉默几秒,大超说:"没大碍。"

隔了一天,大超继续请假,说送柳静到市医院看了病,肺部的炎症厉害了些,必须住院。慧萍一下握紧手机,仿佛它要爆炸似的。但她轻声地说:"大医院条件好,肯定能治好。"

周末的深夜,大超再次来电,请求多请几天假。慧萍正想询问柳静的病况,大超说了声谢谢,匆忙挂断了电话。

慧萍可以肯定,柳静的情况十分不妙了。

12

慧萍跟张军到医院看望柳静。

十多年了,慧萍终于看到久违的柳静。柳静如今的状况,直接击溃了她的神经。柳静整个人虚弱地蜷在被窝里,像一截萎缩的黄瓜,看得人心都碎了。医生说,她的身体机能本来就严重衰竭,又感染上肺炎,只能维持一天算一天。现在,病人十分抗拒治疗,不如回家养,没准配合吃药了,状况反而好些。

原来,那天大超到厂子,柳静还在睡觉。大超以为暴雨不会持续太久,中午前能回家。可柳静等到下午,也没个音讯。狂风暴雨猛烈不减,她担心大超出事,心里惶恐,居然一个人摸索着下床,想坐上轮椅,找到手机联系大超。哪知道一不留神,跌倒在地,爬不起来了,她只好蜷在地上傻等。这一惊一凉,病情怎能不加重?

慧萍和张军建议柳静坚持住院治疗。柳静迷迷糊糊听到这话,眉头一下拧紧,急得大超牙齿直打战。

回来后，慧萍挂念着柳静，心绪不宁。她想同汤大拿商量一下，听听这男人有没有啥高见。这两三个月，汤大拿的"行踪"正常了。或者说，慧萍自我反省了一下，即便真正的交通灯，偶尔也要出故障，何况汤大拿这个长不大的孩子呢。那天，慧萍有个公务接待，回到小区，刚巧碰见汤大拿，就唤他道："这么晚交班，厂子有应急情况？"汤大拿腰板一挺："不是喽。我离开厂子，见天色还亮，登山锻炼去了。"说完，双臂一展，做两下扩胸运动，还表演高抬腿。慧萍略微偏着脑袋打量他。感觉这小子真结实了些，身子绷撑着T恤，勾勒出胸肌块来了，看着人都更成熟了。

晚上，慧萍打算给他聊聊柳静的事。可汤大拿跑到卫生间小便，接着又哼着《小苹果》，溜进书房玩电脑。慧萍耐着性子等，等着等着，睡熟了。不知什么时候，被惊醒，一瞧时间，快凌晨一点了，汤大拿居然两手不安分地在她身上游动。慧萍气得一巴掌打开他的手，掐灭了他的念想，自己跟他说话的欲望更是早没了。

转眼月底，张军跑来告诉慧萍，柳静快不行了。这一次，张军和慧萍是到大超家看望柳静的。原来，大超见柳静执意要回家，就提前办了出院手续。现在，柳静完全枯萎的身子，已经无法让人生出任何希望。她拉着慧萍的手说："慧……萍姐，是我……拖……累……了，大超。"

慧萍摇头，心里眼里的泪都凝固了。

柳静离世后，慧萍应大超的请求，没给公司任何人说。当天火化后，大超在客堂搭了很简单的灵堂。村里的邻居们陆续来祭奠，安静地凝望，安静地哀悼，安静地离开。

慧萍和张军一直陪着大超。

天黑了，村子寂静下来。有凉风灌进小屋，慧萍打了个寒战。大超去关门，张军说："慧姐，要不你先回去，我在这里就行。"慧萍犹豫着，大超又说："慧姐，柳静的事，我给家两边的父母都说了，没让他们来，毕竟都七八十岁的人了。我想明后两天回趟重庆……我……我是说，我打算辞职。"

慧萍半张着嘴，张军把眼睛瞪成灯泡大。

大超望着窗外，咽一咽口水说："这些年，我忙于工作，没照顾好柳静。再过几年，我五十了……不瞒你们说，我想趁自己还有些力气，在老家找个活计。外面打工累是累点，能多挣点儿钱。而且现在父母年龄大了，也需要人守在身边照顾……"说到这里，他低下头，嗫嚅着嘴，似乎还有话想说。

张军接嘴道："公司迟早要改革，再等等吧。"

大超抿抿嘴，摇一摇头。

慧萍咀嚼着大超的话，心里翻江倒海。大超的父母到现在都没抱上孙子，他未来的日子还有很多事要去做，必须去做。至于张军说的改革，是个啥样，没人知道，甚至大部分员工躺在"摇篮"里，以为三年攻坚改革还是很遥远的事。如果劝大超留下，谁都说不准是好是坏。

默默坐了好一会儿，炉坛的香燃完了，张军重新点上。慧萍真要告辞了。大超说："等等。"转身进里屋，提出个纸袋，说："都今天了，才送你。"慧萍接过来，打开袋一瞧，是席慕蓉的诗集。

　　慧萍努力克制住情绪，问："干吗想起这事儿？"大超说："柳静一直记得这事。她在市医院的时候，让我在附近买的。"

　　夜深了，慧萍往回走。

　　灯光像流水一样漫出巷口，涌向无尽的暗夜。

第三部 / 暗　礁

1

处暑之后,汛期结束,大家大松一口气。只是遭遇这次洪灾,县领导压力山大,催促创投集团尽快启动给排水净治一体化改革。毕竟,小康供水工程圆满收官,谁都没有理由再把这事拖延下去。

这担子,实际落在水公司头上。

那些天,戚总把自己关在办公室里,一支接一支地抽烟,抽得头顶烟雾缭绕。坐困了,就来回走动,像一只习惯了锁在笼子里的鸟。大伙儿明白,再过几个月,他就退休了。照惯例,上级要提前派新领导来接任。戚总肯定盼着尽早交出接力棒,回家抱孙子。又传言,集团正在酝酿新老总,很快到位。有些员工们心里渐渐起了躁。维修队、管网所两名正式工找到戚总,申请调岗。理由很简单,年龄老大不小的,先占个轻松位子,省得换了领导,在改革时被推上风口浪尖打头阵。戚总笑道,再等等吧。送走"客人",戚总捧住茶杯,下掰着嘴角,腮帮都绷出两道浅凹线。

第二天，又来了位"客人"，是安装队的。对方说，之前公司关照大超，自己比他年龄大，上有老下有小，希望也能被关照关照。戚总说："我马上退休，等下届领导来了，我帮你传个话吧。"等对方走出办公室，戚总把门啪地关上，像一记耳光打过去。

那声响，惊得办公楼都变了颜色。

躁动暂时消失。可一波刚平，一波又起。那天，公司的营销系统预警，提示某家企业的用水量不正常，比上半年低了许多。校表员跑现场调查，原来是抄表员刘琦每月私下给对方拨弄水表指针，用户每月少缴水费，他从中捞取好处。大伙儿惊呆了。要知道，刘琦平日的表现蛮不错，这些年还当过两次先进。东窗事发，气得戚总心肝脾肺都错了位。他大发雷霆，甚至考虑报案。刘琦吓得脸煞白，心一横地说："我也不想这样，可这点儿工资，很难养家的。"戚总脸色铁青地说："滚你的蛋，你爹妈生下你这个仔，才真的难养家！"

这话把刘琦激怒了。他说："那我现在就死给你看！"说完，走到窗边，真要往外跳。戚总唰地拉开窗户，递去自己的手机说："你要死，我不拦。可你跳楼前，把事情的来龙去脉给你爹妈报告清楚，省得向我要人。"刘琦腮帮抖一会儿，蹦出一句："跟正式工比，我们心理不平衡！"

戚总一巴掌拍在桌上："那跟我比，气死你！"

出人意料的是，戚总叫来苏副总和客户部的管理员，提议给刘琦一次机会，叫他赔偿损失，解除劳动合同，重新试用。在场的人都说，怎么能让合同工胡闹，一致要求严惩，以儆效尤。戚总纠结一会儿，最终将刘琦除名了。离开前，戚总问他下一步怎么打算，刘琦说："家里的葡萄熟了，忙完再说。"戚总捋一捋他的衣领，问："你住崖头村，是吧？那儿有座小型污水处理厂，你如果想去，我帮你打声招呼。那厂子下一步应该会交给咱们，到时你又是公司的员工了。"

刘琦愣怔着。

戚总又说："公司总会改革的。只要浪子回头，又是好汉。"刘琦湿着眼，朝他深深地鞠了一躬。可最终，他还是走了。或许，他压根儿不相信真正的变革会到来。

经过几番折腾，戚总真累了。接连好些天，他闭门谢客，办公室难得清静下来。

2

　　戚总"懈怠"了，员工们跟着懒散。没在戚总眼皮底下的部门，不到五点便下班，就连汤大拿的健康运动也几乎歇菜，显示计步数不到三百。但慧萍回家，连他的影儿也没见到，她马上在微信上探问究竟。

　　半晌，汤大拿回道，上网喽。

　　慧萍脑子一炸，炸出一团泡沫来。她唰地拉开书房，环顾一圈。床头凌乱地压着几本杂志，一支签字笔斜在枕头角。阿迪达斯运动衫耷拉在转椅背上，烟缸依旧插满烟头。电脑主机关着，显示器却亮着指示灯，像一小束幽灵的光。慧萍暗忖，这书房早成他的私有财产，全天候地霸占着。他从来都说在电脑上看小说什么的，鬼知道真假呢。

　　慧萍鼓胀着气，往主机按钮一戳，黑黢黢的屏幕霎时闪过一道亮光，开启到另一个隐秘的世界。少顷，桌面弹出，居然挺清爽，没有炒股、游戏一类的软件，更没有乱七八糟的不良视频网站链接。倒是浏览器里，收藏着许多文学网站和论坛。

他的QQ呢，随机启动，账号密码设置成自动填充。慧萍顺势登录进去，好友面板密集闪动，是五六个文学群。她挨次瞧一遍，无非谁谁发表作品了，谁谁获奖了，排山倒海的点赞、祝贺，闹得乌烟瘴气。

这小子什么时候喜欢文学了？慧萍有点小小的意外和惊喜，转而又懊恼。其实，文不文学无所谓，关键是这样的事，"千里眼"无法掌控。这么多年过去了，他还掖着藏着什么不可告人的秘密呢？每个盘符、每个可疑文件夹逐一点开搜查。捣鼓半天，没有捕猎到有价值的信息。正打算放弃，猛然想到还有QQ空间。跳转过去，截获到了意外"电波"，是七八篇私密日志。某种不安的预感顿时攫住了她。

慧萍退到客厅，又在寝室、卫生间巡了一圈，确定汤大拿不在家，再次回到电脑前，点进第一篇日志，时间是去年的：

"望天山顶的拉拉书屋，满空间都散发着书页特有的气息。拉拉坐在柜台里，吃凉粉。脸红得像新鲜的石榴，一对金鱼眼扑闪着美妙的光。我笑她嘴馋，她说，成都人好吃，这是最基本的生活艺术嘛。

"是喏，拉拉快满十六岁了。她念完初中就放弃学业，但成绩蛮好，而且是个文学迷。她爱捡张爱玲的话。我应和道，我一直喜欢下午的阳光，它让我相信这个世界任何事情都会有转机。这话惹得拉拉哗哗哗地笑，差点缺了氧。"

慧萍的心被抽了一陀螺。当初，汤大拿这只癞蛤蟆，约她到茶楼谈文学。幽暗的灯光下,汤大拿用蹩脚的普通话,背诵张爱玲的名句。如今,他把过往的调情逗趣移花接木、偷梁换柱,拿来讨好叫什么拉拉的女孩。慧萍脊梁一阵发凉,抖着手往下翻。三五个回合,这对男女竟然黏到无话不说的地步。汤大拿加入了县作协?在县报副刊发表豆腐块?而且两人连水公司改革的事也要交流?!

慧萍简直怀疑起自己的眼睛。她定一定神,继续看。汤大拿得到何厂长和赵副厂长表扬了,同事嫉妒了。拉拉呢,跟她聊哪天挖到鸡枞菌,哪天拌了灰灰菜,都是鸡零狗碎的事。滚动到第七篇,拉拉说汤大拿做制水工,屈才了。汤大拿就说自个儿年龄大了,不是单位关注和培养的对象。拉拉说他在找借口。说着说着,争论起来。汤大拿总结道,吵架也是艺术,艺术增进情感。

情感?到底是什么样的邪恶情感呢?慧萍在最后一篇日志里找到了答案。发文时间在昨天晚上。

"今天上夜班,拉拉犯病了,胸闷得厉害。我请了两小时的假,陪她看病。拉拉靠在我肩头,眼角有泪流下,淌进我脖里,温润而潮湿。"

日志显示来自手机QQ。慧萍顿时崩溃了。她真想从眼睛里喷出火,把这对狗男女烧成灰烬。要知道,自己感冒咳嗽输液打针,从来没给这个死鬼添过麻烦。跟这个叫拉拉的女孩才认识多久啊,就发展到感天动地的地步了。慧萍浑身一下冷成冰窖，抖颤几下。等稍稍平静，她掏出手机，对准屏幕啪啪啪地拍下十几张照片。

这是证据，她要拿汤大拿是问。

五点半，汤大拿现身了。头发有些乱，额头蒙着一层薄汗，穿一身新崭崭的阿迪达斯。慧萍问："啥时候买的新衣裳？"汤大拿伸开双臂，低头瞧瞧自己，说："买了大半个月喽，洗过两回哩。"说着，径直往书房走。慧萍喝住问："干吗？"汤大拿说："以为你在玩电脑呢。"慧萍切一声："神经质，明明是你说自己在上网。"汤大拿一怔："我是上网，可没说在书房上网，手机不也可以上吗？怪了，刚才手机QQ提示，说有人在电脑上登录。"慧萍气得拿针刺死他的心都有，她连喘几口气，转身钻进寝室。汤大拿跟上来说："问你话嘞，心虚啦？"慧萍皱紧眉头，跟盯外星人一样盯住他说："心虚？你说我心虚？"汤大拿缩一下目光，转瞬碰上去，直直地跟她对视。

慧萍啪地关上了门。

夕阳从窗外斜射进来，把室内的寂静切得七零八落。慧萍逆着光望远处，头一阵昏眩，仿佛做了个白日的噩梦，梦到大地在下沉，梦到火焰在上升，梦到天旋地转。只是她做梦也想不到，自己怎么就遭遇陈桥兵变了。自己跟汤大拿怎么走到今天这境况了呢？

3

　　当年，汤大拿熟悉抄表业务后，一个月的工作量，大半个月能搞定。闲来无事，他不玩牌不泡茶馆，就在碎石坝附近的宝狮村逛悠。村口有一家铝合金门窗加工店。店门口随时可见焊工在那里焊防护栏。汤大拿喜欢蹲在一边观摩。焊花刺目，他就拿手斜遮挡住眼睛，透过指缝看。焊工歇息时，他掏出烟来散，跟对方交流点焊技巧。对方见他还算懂行，多少会应和几句。时间稍长，汤大拿问店老板："焊工的待遇是多少？"老板说："多数兼职，三十块一天。"那会儿，公司的临聘焊工是二十块。汤大拿脱口道："我能来兼职不？"老板就叫他露两手，汤大拿操过家伙，摆好阵势，对着一根钢筋点戳一会儿。老板看后说："还行。要不留个电话，有合适的活计，我联系你。"

　　从此，汤大拿多了个隐秘身份：兼职焊工。他随时一颗红心，两手准备：走路更利索，抄表效率提高了不少；不管手机响不响，一天掏出来看好几次。可真正接到业务，是三个月以后。老板有张加急单，不得不叫备胎汤大拿出马。汤大拿心花怒放，使出以前追求慧萍的激情，连续赶工，月底圆满交付了答卷。回头，才想起还落下几单水费没催收。

后果就是，营销部主任扣掉他五十块钱绩效。

汤大拿掐指一算，一出一进，补差还有赚，并不在意。过了两日，主任找到他说："别怪我，单位考核，得拿指标说话。"汤大拿腰一挺，说："没事，扣吧。"主任又说："汤大哥，扣钱是小事，关键是余总让我跟你谈心，你不嫌麻烦，我嫌麻烦。"汤大拿说："实在不行，多扣一点儿喽。"主任说："狠不下心呀。我有今天，感谢你爹提拔呢！"

汤大拿心肠更软，主任把话说到这个份儿上，他犯愁了。慧萍听后，说："别为难领导。我抄表活计不多，下次遇到这情况，我抽空帮你催收吧。"汤大拿便专程到店子里，乐颠颠地对老板说："再有新单子，我随叫随到。"有了这句话，老板断断续续又唤过他几次。一来二去，村民们见了他，都唤他汤师傅。汤大拿感觉自己一下高大上了。

年底，主任不知从哪儿了解到汤大拿的隐秘职业。汤大拿央求主任保密。主任哭笑不得，默许了。汤大拿是懂得感恩的人，他对慧萍说："给主任送两只大雄鸡，当年货吧。"慧萍刮他鼻子一下："还有一个人，最该送呢。"汤大拿嘻嘻一笑，把慧萍摁倒在床上说："你什么时候要，我马上送，随你享用。"

转眼春天，汤大拿的第二职业干得正风生水起，主任给他来电说："大领导要走基层，征集意见，请你参加。"汤大拿说："政策好，我啥意见也没呢。"主任说："不是你有啥意见，是让你代表营销业务线，代表员工，提一提建议，内容都写好了。"

汤大拿胸一挺："行。"

调研时，汤大拿接过材料一瞧，写得够尖锐。比如，希望领导管理人性化，公司贯彻劳动法不彻底，选拔干部不要唯文凭论……照本宣科的过程中，余总的表情像一汪潭水，深不见底。会后，大伙儿给汤大拿泡茶散烟。汤大拿一支接一支地抽，抽得嘴唇跟茉莉花一样白。至于那些意见能不能被采纳，汤大拿一点不关心。

他日子该怎么过还怎么过。

夏天，县里把供水交给了市自来水公司管理。对方接手不到半年，将部分固定资产抵押融资，用来搞基础设施建设。大家不懂这些金融模式，认为上级在"瓜分"水公司，会影响职工待遇，甚至饭碗不保。老国企员工的主人翁精神马上发扬出来了。一群人私下联合起来，打着工会的名义写状书，要向市里反映。工会主席先说支持，后来撤退了。有人提议，撬开办公室，把工会的印章偷出来盖。

谁去偷？目光再次聚焦汤大拿。

代表们把他请到餐桌上，喝酒吃肉，对他形成众星捧月之势。在一片讨伐市水公司的喧闹中,汤大拿如同受到某种神圣的感召,他又一拍胸,说:"公司兴亡,匹夫有责。"

晚上,汤大拿在月黑风高的错觉里,随风潜入办公楼,把事情干得漂亮利落。但市水公司的融资决定,是作过风险评估,征得上级同意的。状书被否定了。一番审问调查后,汤大拿被人出卖了。余总对他说:"你精力旺盛,抄表闲着你了。"汤大拿说:"我想回维修队。"余总摇一摇头:"对你,我怒其不争。"汤大拿说:"我喜欢做焊工。"余总耐着性子说:"如今新世纪了,跟你老爹那年代不一样,做焊工做不到管理岗位。"汤大拿说:"我就喜欢跟铁啊,钢啊,电啊打交道。"

余总没辙,只好一道纸令,把汤大拿"下放"到有铁有钢有电的水厂。轮班运转制,导致他的第二职业难以为继,但他的豪迈义举深得人心。唯有慧萍戳着他的脑门,数落他一顿。汤大拿学着余总的样子,摇一摇头说:"对你啊,我怒其不争。"其实,汤大拿明白,别人两次请他出马相助,是看中他汤公子的身份,借他的手逮"蛇"。汤大拿不明白的是,大伙儿青睐他的另一个原因,是他没心没肺,跟任何人相处,都不具有竞争性和伤害性。汤大拿明白和不明白的两个特性,构成了大众偶像的充分必要条件。

余总每次走访调研,员工们还请汤大拿当代言人。余总知道他无非是个传话筒,可余总懂得自省,他正好通过这支话筒，倾听员工们平日不敢直言的诉求。余总也想过把他推到更高的平台，比如到综合部锻炼。可惜，汤大拿任性，非焊工不热爱。后来，相继接任的张总、李总，对过往的供水时代没有风雨同舟的情感，并不把汤公子的代言辞令当回事，甚至心生厌恶。可他毕竟身份特殊，也不好收拾他。不好收拾的人，自然不会培养。任他傻去吧！

汤大拿没了价值，渐渐被"遗忘"，彻底退出众人的关注视线。

汤大拿被打入"冷宫"，但他的工作没什么可指责的。在慧萍的记忆里，他没有出过明显的差错，没给领导添过什么麻烦。只是焊工梦破灭后，他的兴趣渐渐转移到溜网、登山、做家务上，练就了"结庐在人境，而无车马喧"的境界。不管怎样，有了汤大拿这个男保姆，慧萍省心不少，能把几乎所有的精力扑在事业上。

日复一日，一年又一年，夫妻生活渐趋寡淡。慧萍上班，汤大拿刚赶完早市回小区；她下班，他出门倒夜班，迎面撞见，交换一下眼神，连寒暄也省了；在家呢，十天半月说的话，加起来没有她在单位一天的多。到了这些年，即便同床的夜晚，两人多数时间都睡成个"北"字、"儿"字，最多是个"比"字。对此，慧萍有些在意，又不太在意。尤其"交通灯"在手以后，她自认为，汤大拿的一切尽在她的掌握中。

4

戚总召开改革动员会，让人有些猝不及防。

前些天，集团正在加紧设计全新的薪酬体系。据说这事去年就在谋划。到时候，下属的几个子公司，都要废旧革新，统一标准。考虑到人心稳定，集团暂时没公开这事，只让每个子公司确定一名劳资员，方便联络。水公司这边，戚总钦点马晓婷。回过头，他唤上慧萍，说："到院坝转转，看有没有需要修整的地方。"

院坝挺大，主楼在东院。逛了一圈，戚总吩咐在花坛里播一些新花种。慧萍想了一下说："马上九月了，适合种报春花。"戚总回道："好。"又指着南墙的标语说，"这个'创一流供水企业，全力以赴'，经典是经典，可用了半个世纪，换一个吧。"

慧萍说："请戚总指教。"

戚总食指一举，说："'千帆竞发破浪行，蓄势勇进拓新途'，怎么样？"再往西院走，路过计量站，一位老员工见了他，忙把水表放在校表台上，掏出一支烟递过去，说："老戚好。"戚总说："别客气。"然后跟对方抢着散烟。结果，互换着抽。戚总笑说："这叫感情交换。"转悠到管材库房，几个工人正在卸货。库管员鹦鹉学舌地说："老戚好。"戚总眼一瞪："不懂规矩，你有什么资格叫我老戚。"在场的人还没反应过来，他拂袖而去。慧萍快步跟上，戚总又说："这小子，前些天迟到两回，以为我不知道！"

那一刻，慧萍可以肯定，戚总要动作了。细细一想，他老人家绝非心血来潮。大半年以来，从叶姐、大超，再到刘琦，都刺激着他。而那些一门心思混日子的正式工，引燃了他的火气。

今儿，戚总穿白衬衣，配着微黑的肤色，看起来特别精神。到会场，他夹个笔记本，笔直着身子。坐下，从头到尾烟不离手，他眼前、头顶一直烟雾缭绕，悠悠荡荡的。可戚总发言利落，像牌筒里摇骰子，话攥着话，硬邦邦地响。所有人尖着耳朵听。关键点是，创投集团成立了排水公司，要分批接管排水管网和污水处理厂。水公司替东家干活儿，有部分员工要调到排水子公司。

说到这里，事情彻底明朗。

戚总掏出烟来散。他眼力好，一扔一个准。话匣很快打开。戚总静静地抽烟，任凭会场沸腾。

待到半支烟的工夫过去，他冲苏副总抬一抬下颌。老苏会意,清一清嗓子说:"集团把排水公司的办公点找好了。等会儿,大家坐公司的小中巴实地踩点,感受一下我们的第二家园。"

戚总把烟头一摁,噌地起身,说:"马上出发。"

目的地在健康大厦八楼的东区,三间办公区,屏风隔板已经安装到位,只差办公设施。挨次走一圈,大伙儿聚拢到主区的两扇窗户前。眺望远处,半公里远的地方是芦溪河,县里最大的污水处理厂就在河的附近。秋天的风从窗外涌进来,带着点儿河水的味儿,扑在脸上,凉凉的。戚总又点支烟,吧嗒两口,说:"回去后好好消化,给员工们做做动员,凡是想到排水公司的同志,到综合部报名。"他声音响亮,在四壁反荡,话撞着话,像是给每句话加上了着重号。

打道回府,一群人嗡嗡嗡地议论着,声浪一波一波地在楼道间滚涌开来。上了车,每个人再次沉默。车子驶过芦溪河,司机猛轰了一脚油门,大家的身子向斜后方偏了偏,有人故意笑道:"这是帮助我们消化呢。"黑胖大声回道:"年龄大了,消化功能差。"

戚总一下黑了脸。

回公司,每个部门跟炒豆子一样热闹。可热度持续不久,中层干部怕言多有失,把自己调走,都心照不宣地保持低调。员工们同样如此。到周五,自愿报名的一个也没有。戚总每天跟踪这事的进展。每次,他脸都会沉一下。有时,不自觉地掏出烟,在桌上敲两下烟头,点上,猛吸一口,用力地吐出来。至于慧萍,整个人还沉陷在汤大拿的"变故"里,根本没心思考虑改革的事。

5

周六,汤大拿上白班,慧萍决定走趟望天山。她早早起床,描眉打粉,把自己收拾得跟石榴一样,红彤彤亮晶晶的。

到了望天山,天气不错,阳光和煦,云层淡蓝清凉。山中的桉树林成片,绿道间种了许多狮子菊,可谓处处皆秋色。但慧萍哪有心情欣赏,只闷头沿山道紧走慢走。到山顶,果真瞧见有书屋。说是书屋,其实就是一间小砖瓦房,也没挂招牌。书吧台里坐着个小女子。大脸盘,柳眼,模样儿不坏,只是脸色不太好,看着像发育不良的石榴,远没有汤大拿描写的那么灵动可爱。

慧萍先到附近的小摊前点了碗豆花吃,顺带打听书屋的情况。摊主告诉她,书屋是去年开的,店主就是那个女子,患有先天性心脏病,两三年前爷爷去世,她成了孤儿。

慧萍听着,皱了皱眉头。

进书屋,中间一张长条桌,坐有四五个看书的顾客。两侧书架，码满杂志和小说，果真有张爱玲的作品集。慧萍克制住波动的情绪，走到吧台问："姑娘，怎么消费？"女子唱歌般地说："书免费看，但得泡一杯茶，十块的二十块的都有。"慧萍又问："你叫拉拉吧？"女子笑道："拉拉？谁呀？叫我小翠吧。"慧萍沉吟片刻："汤大拿常来这里，对吧？"小翠眼里闪烁一下："汤叔叔呀，您是他谁啊？"

两人目光对撞一下。

"他啊，跟我一个单位呢。"

小翠哦一声："原来你们是同事呀。汤叔叔只要上山，都会来店里。"慧萍不动声色地说："听汤大拿提到过。他人外向，喜欢聊天喝茶。"小翠掩嘴一笑："不会吧？汤叔叔很害羞呢，最初来这里，几乎不说话。后来在QQ上聊天，才发现他挺外向的，而且蛮有才华。汤叔叔心也特别好，前些天还带我去看病……"

有客人让添茶水。小翠跑进里屋，提出一壶热水，给客人掺好水，又一边往茶瓶里灌，一边说，汤叔叔这些天忙，暂时没来了。

慧萍盯住她，不放过她脸上的任何一丝表情。小翠说话很平静，眼睛偶尔眨动一下，还真像金鱼，透出几分灵气。忙活完，小翠突然喘起来。慧萍下意识去扶，小翠就靠着她，往吧台走，很快舒缓过来，连声道谢。慧萍猛然想到"拉拉"靠在汤大拿的肩膀上，火气就直往脑门涌。她一下放开手，转身走了。

回去后，慧萍绝口不提去过书屋，更不追问拉拉的事。她只在暗中监视汤大拿的健康运动，一天十几次，又翻来覆去地研究拍摄的"证据"。汤大拿的日志跟小翠的话，是两份完全不一致的"口供"。她希望汤大拿主动坦白一切。可这个男人嘴巴跟实心核桃一样，不吐半个字，下班后就闷在电脑前不停地抽烟，哑吧得书房雾气腾腾的。慧萍依旧把自己锁在寝室里，不让他进来。慧萍好几次出寝室，汤大拿都侧过头，眼神怯怯地瞟她。慧萍脸上还带着霜，心里已经软了些。

夜里，慧萍听到书房有细碎的鼾声，忍不住去瞧了瞧。一大半被子掉在地上。她跟拈花一样，轻轻拈起被角，给汤大拿盖回去。汤大拿翻一个身，她马上缩回手。汤大拿却醒来了，他木木地望着她问："干吗？"慧萍一下挑高声音："我能干啥？我又不是拉拉。"

屋子霎时沉寂了。

少顷，汤大拿斜探出身子，冲他嚷道："你偷看我的QQ日志！"那架势仿佛一根虚张声势的萝卜。慧萍摇一摇头，说："你还有理？难不成要吃掉我？"汤大拿目光咔嚓锋利了："你是小偷。"

慧萍惊呆了。

等冷静下来，她心一横地想，如果这男人明后两天还不坦白，就离婚。可汤大拿偏不吭声。慧萍好几次点开手机里的照片，想戳穿他的秘密。说到嘴边，终究开不了口。记不清多少年了，两人早习惯在时间的平行线上过日子。咫尺之间的距离，触手可及，却又永不相交。如今，汤大拿的这条线偏轨了。她心里莫名惊慌，怕自己的亮牌，把轨道推向更远的方向，再也回不来了。

整个晚上，慧萍迷迷糊糊的，梦与雾打成一片。

天亮起床，见汤大拿睡得跟死猪一样，她更窝火了，干脆出门，一个人胡乱逛悠。什么也不想，就在车辆和人群里穿梭。走累了，到附近的公共休闲区坐一会儿，听漫无边际的喧闹。

黄昏时分，路过吾悦商场，她跑进去，买一大袋衣裳，内衣外套都有。在她看来，唯有这些丝织物，最贴身最理解她，最能感受到自己每一处肌肤的呼吸和情绪。

出来后，天色黑透了，连吹来的风也黑乎乎的，直往慧萍的脖子里灌。路过七天连锁店，慧萍犹豫着要不要住下。还没拿定主意，汤大拿打来电话，问："你出远门了？"她反问："啥意思？"汤大拿说："你QQ运动两万多步。"慧萍心一凛："你监视我？"说完，泪水止不住淌出来，嗓子哽得紧紧的。汤大拿居然吟诗般地说："今年秋气早，木落不待。蟋蟀当在宇，遽已近我床。明儿要上班哩，需要我来接你不？"

慧萍砰地挂断电话。路上，想着他的话，她又好气又好笑。踌躇半晌，终究回家了。汤大拿的目光依然怯怯的，而且浑身不自在的样子。只是，他仍然不回应拉拉的事。

继续分居。

生活没有任何变化，但两条平行线的距离似乎更远了。

6

　　冷战在持续，屋子静得让人心里直发毛。过了一日，慧萍下班，坐在沙发上削苹果吃。汤大拿正好休假在拖地，他故意把拖把伸到沙发底部，来回扰动。慧萍啃一口苹果，没好气地挪开脚。汤大拿唤了声："老婆。"

　　慧萍惊得苹果差点脱手。

　　汤大拿接着说："我这把年龄，有调走的可能吗？"慧萍冷哼一声，说："只要你有那胆量报名，都行呀。"汤大拿继续拖地。慧萍再次想起因为拉拉的"争吵"，便讥讽道："放心吧，你不是领导关注和培养的对象，就做你的工人，哪儿都不用去。"汤大拿不高兴了，拖地的动作猛起来，左唰唰右唰唰，像是要把地板拖出火星才罢休。拖够了，他说："好哩，那我就安心了。"

　　慧萍更不搭理他了。

　　翌日傍晚，汤大拿却主动给她打电话说："老婆，忙吗？有个事，想跟你商量一下，能成不？"

慧萍心头一热，把手机从左耳换到右耳，贴得紧紧的。

听筒半天没声响。慧萍急了："哑了啊！"

汤大拿这才说："小翠今儿下午犯病了，喘得厉害。我送她去了医院。看样子病得不轻，没准有生命危险。不巧嗑，我倒夜班，临时找不到人顶替，必须先赶到厂子。"说着，结巴起来，"所……所以，想请你帮……帮忙照看一下她。你跟她，不也认识嘛，上次见过面的。"慧萍火气一下上来了，转念想到小翠，心里又软下来。

赶到医院，小翠正躺在病床上，插着氧气管，呼吸有些短促。小翠见到她，眼里顿时有了光泽。慧萍唤来医生问情况，对方说，这女子先天性心脏病，室缺六毫米，房缺五点五毫米，之前就建议她动手术。这年龄，不能再拖了。慧萍问手术费多少，医生说大概三四万。小翠似乎清醒了一点儿，不停地微微摇头，像是有话要说。慧萍忙拉了拉她肩头的被角，示意她好好休息。

小翠像只小鸟，温顺地眯上了眼。

慧萍坐在床头边，心里乱箭飞。手术费是笔不小的数目，她不知道小翠有没有能力支付，更不清楚汤大拿是怎么考虑的。多半这男人没了主意，叫她来收拾残局。自己该怎么办呢？面对这个跟汤大拿关系不明不白的陌生少女，难不成倾囊相助？这样想着，身子里像有灰鸟在盘旋，没个消停。不知过了多久，汤大拿赶过来了。他大口地喘气。小翠听到声响，缓缓睁开眼睛，努力撑起身子，唤了声汤叔叔。

汤大拿见她嘴唇有些发干，接了杯温水，喂她喝下。小翠大概真的困倦了，躺回去，不久睡熟了。

慧萍马上拉他出去，说："扔下小翠就跑，万一我来不了怎么办？是工作重要，还是人命重要？"汤大拿缩一缩脖颈，回道："不到厂子报到，出了安全事故，可不得了。我让交班的同事再帮我顶一会儿，晚点还得回厂子。"慧萍说："不要有事才来求我。"汤大拿吞吐道："我帮小翠在爱心网募捐，凑够两万多了。本想再等等，哪知道她发病了。"

慧萍怔住了，诧眼审视他。

眼前这个男人，是平日里那个毫无主见、对万事漠不关心的汤大拿吗？怎么看都像一个替身。汤大拿似乎心有所觉，直了直腰板，憨憨地笑两声。慧萍暗自松一口气，脸上还绷紧地说："那你继续等吧，让小翠陪你等。"说完，转身离开。

慧萍故意甩手而别，是希望汤大拿能跟她好好商量，求她先垫上不足的手术费用。可汤大拿没联系过她。天一亮，慧萍稳不住了，她揣上银行卡，直奔医院。爱心网的几个网友和汤大拿已经在急诊病房。见到慧萍，汤大拿欢喜地搓着手说，捐款划过来了哩。网友托熟人跟医院协商好了，先缴两万，做完手术出院时再一并结清费用。慧萍问："万一募不到款，差的钱怎么办？"汤大拿掏出一张纸条说："喏，借条都向你写好了。"慧萍接过来，汤大拿又说，"我知道你很关心小翠哩。

以为你昨晚会打电话给我，找我商量手术费的事。"

慧萍咬着嘴唇，简直有抽他一耳光的冲动。

汤大拿又缩一缩脖子，说："总不能让小翠向我们开口借钱哩。"慧萍哭笑不得，但那股冲动劲儿慢慢泄下来。因为凭直觉判断，汤大拿跟小翠不会有什么暧昧的关系。转念又想，可拉拉是谁呢？醋意随之涌来，慧萍掏出信用卡，扔给汤大拿，走了。

路上，慧萍想起密码忘发给他。点开微信，汤大拿先她一步留言，话说得很客气：老婆，能把密码告诉我吗？

慧萍扑哧一笑。

回公司，汛期后的库房准备大修缮，报春花下了种，要到现场瞧一瞧情况；展板和新标语出了样图，必须亲自审核；今天还必须提前排出国庆节值班表。忙到半下午，汤大拿发来消息：手术顺利，一周后出院。小翠在监护室，我们暂时没法看望。

慧萍抬头闭眼，双手合上，竖在唇间，轻轻呼出一口气，浑身轻松不少。

7

白露刚过,公司仍未见动静。戚总焦急了,他单独唤来黑胖,动之以情、晓之以理,动员他到排水公司搞管理。黑胖耐着性子听完,激动道:"我累了大半辈子,熬得头发半白,哪儿都不想去。"争执一会儿,黑胖宁死不屈,说:"领导要觉得为难,我辞掉职务,退居二线。"戚总撇嘴道:"国企没有二线的说法。要有,我五年多前就不用回水公司了。"黑胖说:"你是人往高处走,我劳累命,再等一两年,我内退。"

戚总一时语塞。

黑胖继续说:"您不是说要破二八定律吗?那就不能老盯住累死的人,应该多挖掘新人的潜能。"

戚总眼一瞪:"新人肯定要抽调,那是普通岗。公司的管理岗,八成是水二代,不能老占着位呀。"

"有谁想当这个队长,我马上拱手相让。"

戚总噌地起身,气氛有些紧张了。黑胖见状,语气软下来，话却不饶人:"我一个人可占不到八成,别拿我开第一刀。"

戚总不语,紧紧搂住茶杯,像搂住个炸弹。不过,他终究没有发火,没有送客关门。第二天,戚总又分别跟何厂长和小钢炮谈话。他俩从黑胖那里听到风声,都如法炮制,消极抵抗戚总。

下午,市水务局召集区县水公司开供水保障会。戚总叫慧萍一块儿去。午饭后出发,戚总没有唤专职驾驶员,直接让慧萍开车。慧萍有些纳闷。戚总呢,精神不太好,上了车就靠在座椅上闭目养神。幸好,会议不算长,回来时天色尚早。路过圣乡花市,戚总想去转一转。他有这闲心和雅兴?慧萍怀疑自己的耳朵出了问题。

公司的盆花盆草,每年要换两三次。圣乡有花圃基地,综合部每次都来这儿选花。现在,令慧萍意外的是,戚总认识好多花草。一顶红、仙客来、虎皮叶、滴水观音、大花蕙兰……他都能随口叫出名字。站在一盆秋兰面前,他说:"我以前也当过办公室主任,除开报春花,最喜欢这花了。它象征淡泊名利、不争不抢,我们都要跟它学习。"慧萍觉得他话里有话,究竟指什么,一时半会儿又想不明白。

转悠一会儿,两人来到荷花塘。

塘边的景观绿篱里藏着音响,流淌出轻柔的钢琴曲。戚总坐在亭子里,半眯眼地听音乐,很快打起盹来。慧萍坐在一边,不敢吵他。戚总的呼吸渐渐粗重,身子往一边偏,靠在了慧萍的肩头上。慧萍紧张得一动不动,努力支撑着他,那一刻,惠萍觉得他像员工们的父亲。

没过多一会儿,戚总的手机响了。他醒来,忙拉开包,掏出手机,准备到静处接听。一不留神,提包落在地上,一个白色小瓶滚出来。慧萍拾起来一瞧,是谷维素,调节神经和睡眠的。她赶忙塞进包里。等戚总接完电话回来,慧萍故意问:"怎么吃药呀?不会感冒了吧?"戚总笑道:"你这朵兰花,不光体贴人,还尊重人,难怪员工们都认可你。"

慧萍的脸微微一红,不知道怎么接话。

戚总起身走到亭子口,仰脸对着夕阳斜斜投来的光,如同在对抗着什么。晚霞铺满圣乡,把大地染得暖暖的,看着有些发胀感。他呼出一口气,说:"集团非要我坚持到底,无非是觉得我老骨头一把,没什么需要瞻前顾后的。其实,谁愿意吃力不讨好,还得罪人呢?想过几次撂担子,可心里老有个梗,就是刘琦、叶蓉、莫大超这样的老黄牛们,公司亏待了他们啊。如今,改革的机会来了,我不能还睁只眼闭只眼,继续做老好人。"

慧萍走到他身边,抬头望向远处。几处农舍飘散出缕缕烟火,飞盈到上空,呈现出奔放的姿态。静默少顷,慧萍问:"戚总,您是头疼黑胖的事吧?我觉得,抽调副部长们,包括小马这样的后起之秀,给他们一个新的平台,应该是不错的选择呀。"

戚总点上一支烟,静默地抽着。

慧萍微微侧头,打量他。她喜欢欣赏戚总抽烟的样子。吐烟雾的时候,他眉头轻蹙,目光有一瞬间的凝重。这个神情变化,透出一股成熟男人特有的味儿。

良久,戚总说:"老部长们啊,责任心和能力没的说,可占位久了,把自己管的范围当成自留地。副部长们呢,过于依赖他们,习惯唯命是从,没有真正放开手脚干过。排水系统积症多,张军他们管理经验够吗?能在短期内独当一面吗?更别说小马了。中层干部里,懂专业技术又有霸气的,就黑胖几人,他们调过去,才能镇住堂子。主业这边需要新生力量。年轻干部留下来,熟悉的工作、熟悉的环境、熟悉的人事关系,上手应该很快。"

慧萍低头,消化着他的话。

戚总蹑灭烟头,往停车场走。坐上车,他又说:"改革后,干部必须能上能下。黑胖他们平调过去,正是腾出空位又能保自己职位的机会。"说着,侧过头,神色凝重地盯住慧萍,"至于小马,她的确是供水主业需要的新生力量,她再不顶上,更待何时?在改革结束前,马晓婷暂时没法任职,但可以授权她临时管理综合部,这相当于给她个考察期。"

慧萍脑里划过一道闪电,霎时什么都明白了。戚总话里的意思,分明是想调她到排水公司。虽然这已经在她猜测中,可真正面对现实时,她跟黑胖他们一样,难以接受。她甚至想象着小马被委以重任的时候,意外惊喜的样子:浑身长满锐气的精神长矛,恨不能全天二十四小时伏案工作。

戚总半眯眼地望一望车顶,又嚯地弹开眼:"你老公这些年上班咋样?"这话问得慧萍措手不及,她下意识地回道:"还……还行吧。"等稳住心绪,补了句,"不过呀,他是结庐在人境,心远地自偏,一辈子甘于平凡。"戚总叹口气,说:"怪我对他的关心不够。"慧萍还想问点什么,戚总用眼睛笑一下,说:"你要多支持他的想法。"

今儿第一次见到戚总笑,慧萍更加蒙了。一路驶去,戚总继续闭目养神。而慧萍的思绪越来越乱,心里涌上难以诉说的愁闷。

8

汤大拿还是那个汤大拿，没心没肺地过日子，没有任何迹象表明，他能引起戚总的关注。可汤大拿不主动说，慧萍坚决不问。在这件事上，两人继续打哑谜。一转眼，小翠出院了。

那天傍晚，慧萍跟汤大拿和爱心网的朋友送小翠回书屋。网主提一大篮水果。苹果、香蕉、柚子、杧果，色彩搭配得很喜庆。汤大拿手捧百合花，送给小翠说："小翠，加油！小翠是美女，以后会遇到好男人的。"小翠甜甜一笑，说："遇不到汤叔叔这么好的人，我不结婚。"声音甜甜的，能让人醉到春天里。

书屋里笑成一片，跟过年一样热闹。慧萍恍恍惚惚地听着，感觉自己像做了场梦，至今没有醒来。她打量着小翠，小翠的精神完全恢复了，那模样儿还真像汤大拿日记里写的，脸红得像新鲜的石榴，金鱼眼扑闪着美妙的光。汤大拿瞄一眼慧萍，目光怯怯的。慧萍白他一眼，假装出店子打电话，跑出去避尴尬。在门角刚站一会儿，小翠唤她："阿姨，在哪儿？进来拍照。"她赶忙掉头进店,猛然注意到两扇玻璃门上,各写了一个"拉"字。拉拉?拉——拉!她一脸错愕。

大伙儿闹腾一会儿,见天色不早了,便跟小翠告辞。网主还拉慧萍一块儿去酒吧,说商量募捐的事,顺带放松放松。慧萍推辞说太累,坚持不去。汤大拿呢,晚上倒夜班,准备回家换工装。慧萍依旧不走,说想再陪陪小翠。离开时,汤大拿对慧萍说:"老婆,早点回家哩。"那目光柔和得像看不见的抚摸。

慧萍无动于衷,把脸侧向一边。

等众人散伙,慧萍咬一咬嘴唇,问小翠:"你和汤叔叔是怎么认识的?"小翠回道:"阿姨,汤叔叔没告诉过你吗?"

慧萍抿抿嘴,不置可否。

小翠怔了怔,说:"我是汤叔叔的帮扶对象呢。"

慧萍惊讶得瞳孔都放大了。小翠这才道出事情的来龙去脉。去年,苏副总给水厂分派扶贫任务,汤大拿主动从何厂长那里认领了小翠。开书店的主意,是汤大拿帮着出的。租店铺的钱,店里的货柜、书籍,连同配置手机的费用,也是汤大拿代表单位资助的。因为帮扶任务是苏副总亲自在抓,慧萍不知道细节,更不会将这事跟小翠联系起来。小翠又说:"疫情出现后,书屋时常会停业,汤叔叔就在网上跟我聊天,鼓励我积极生活……"

慧萍一下抱住小翠,声音沙沙地说:"明白了。"

回到家，汤大拿已经到厂子了。书房里的茶杯还冒着缕缕热气，烟缸里插了两根烟头，空气里的烟味是新鲜的。慧萍想象着他坐在电脑前的样子，像一袋不饱满的大米，懒懒地靠在椅背上，视线牢牢地黏住屏幕，脸如面具般僵硬。躺上床，慧萍努力闭上眼，把自己罩在黑暗里。她似乎明白了戚总关注汤大拿的原因：扶贫。转念又觉得不对劲儿，戚总对他关心不够，跟帮扶有啥关系呢？继续琢磨，满脑子开始跳出"拉拉"。现在，"拉拉"在她心里不再是两个带刺的字，而是一个有着美好意味的词，可那里面又仿佛还藏着些什么。对，"拉拉"像块磁铁，把她跟汤大拿的距离拉近又推远。过了一会儿，"拉拉"消失，生活出现断裂一样的静，她和这个男人回到各自的平行轨道，形同陌路人。夜色无语，越来越暗，自己更像一个无关紧要的存在。慧萍心里涌出一种说不出的孤独感。她想，等国庆节大假来了，撂下汤大拿，来一场说走就走的旅行。到时候，她留一张纸条，就说去找"拉拉"。想象着这小子联系不上她的惶恐，慧萍心里有了"复仇"的快意。

……

醒来，汤大拿已经交班回来，正躺在她身边补瞌睡。她很想踹他一脚，但最终只用胳膊抵了他一下。汤大拿翻个身，继续做美梦。她起床，故意弄出些声响，汤大拿反而滚出鼾声来。拾掇好一切，见餐桌上放着一袋她喜欢吃的苹果，显然是汤大拿赶早市买回来的。

她心里暖一下。

小区外的面馆、包子铺、稀饭庄飘出淡淡的香味,传出隐隐的声响,形成幽深的、不露锋芒的热闹。远处,有交通灯在闪烁。沿路的高杆灯还亮着,像一只只孤独的眼睛。

到公司食堂用餐。豆浆、面包,加几个小番茄,是慧萍平常喜欢的搭配,不增胖又能保证卡路里热量。可现在,她端了一小笼包子,接上一大杯牛奶。上班已经够操劳了,干吗还要为某某人保持身形呢?思忖间,她习惯性掏出手机,查看工作备忘录,这才注意到汤大拿在微信上有留言:老婆,一对一帮扶的事,小翠怪我不该瞒你。我是觉得,思想上的贫瘠才是贫,小翠在精神上是充实的。所以,我帮助她,不认为是在扶贫,我从她身上学到不少阳光积极的东西哩。

慧萍回道:你的意思是,跟我生活,看到的全是冬天,全是消沉?敲出字,又删掉,揣回了手机。

到综合部,又收到消息:我向戚总申请过,想换个岗位,到排水公司也行。还给他说了自个儿的特长,是作协会员哩。

慧萍感觉被木鱼棒敲了一棰,把什么都敲明白了。这小子找领导表达诉求,也不跟她坦言交流?她回道:你想出风头是吧?以前部门调岗,你从来都潜水,没见吭过一次声呢。

以前的张总、李总,想到过我吗?点过我名吗?给了我机会吗?

慧萍在心里喊一声,又觉得他的话多少有些道理。可这怪谁呢？怪他是汤大爷的公子，从一开始就对他期待过高？怪他是旧体制的恩宠儿，不惹他也不抬举他？慧萍懒得纠结，转而问道，戚总到底怎么说？

叫我到综合部报名。

那你干吗不报？

我给你报了呀。可你说，放心吧，你不是领导关注和培养的对象，就做你的工人，哪都不用去。小翠跟你的想法相反，她认为我不能老做制水工人，应该主动到新的岗位，挑战自己。

慧萍看着，情绪好转不少，心里生出个小恶作剧。她马上翻开日历，规划假期行程。对，坐动车到重庆，在朝天门附近的旅馆住下。睡到自然醒，白天转滨江公园，晚上到剧院看戏，深夜坐在码头边，听轮渡的鸣笛，把苦闷统统抛洒到江河里。对呀，自己失踪了，汤大拿会不会紧张得报警呢？

这样想着，慧萍有些小得意。

9

汤大拿主动报名了。

这当然经过慧萍的点头同意。慧萍怀着个小心思：这男人有想法，就顺了他的意。如此一来，戚总应该不会把她也调走。毕竟，夫妻俩都离开老窝，于情于理说不过去。

消息一传开，公司顿时炸开了锅。要知道，汤大拿是开山祖师爷的公子，无论他沉寂十年还是二十年，他始终是传统企业最具代表性的人物。他竟然站出来支持改革，其他人还能找啥理由抗拒？

戚总没有趁热打铁，制订调员名单。他故意让事情发酵，瞧瞧接下来会有什么实际反应。不出他所料，很快有人跟着报名，是工程队的一名合同工。

戚总浑身舒泰，整个人都精神了。他抑制住小兴奋，继续等待。

喜讯不断。设计中心和水厂陆续有员工请缨到排水公司，全是合同工。戚总心里晃一晃，有点儿隐隐地不安了。接着，乡镇几个加压站、七八个客户服务分点,甚至生产技术部、信息中心,都陆续响应。结果,不到一周的时间,近百号的合同工纷纷申请"跳槽"。

戚总猛然意识到,出事了。

原来,合同工们除开待遇差、身份低,还几乎看不到发展前途,导致心理阴影的面积越来越大。好不容易遇到真正意义的改革,刚开始就有合同工跃跃欲试。到新公司未必更好,可不去,笃定翻不了身。最终没人抢沙发坐,是担心如果落选,会背个不忠不义的骂名,长期遭受老合同工们的嘲讽和排挤,往后的日子更难过。汤大拿打破僵局,这个"弱势"群体便躁动了。三三两两地商量,不谋而合的想法,心照不宣的呼应,推出了这样一台"闹剧"。

合同工集体出手,并非每个人都想离开公司,真正的用意是联合抗议用工待遇的不公平。换句话说,在心里积压几十年的阴霾,如今化成一场雨落了下来。不过,在戚总看来,这场雨温和,没有狂啸的风,没有胁迫性的雷电声,更没有恣肆的侵袭,仅仅是一场雨,雨点汇集到一起,朝着河道的拐角低沉地冲击、呐喊。所以,他没有愤怒,没有发火,只在心里生出一阵阵物理性的隐痛感,那里面挟裹着深深的愧疚和歉意,仿佛他自身也是这股水流中的一分子。

第二天,戚总走了趟集团。

接着开职代会,公布薪酬改革的进展。新的体系,弱化工龄占比，取消身份差别。薪酬划成十多个档级，你要往上走，主要看业绩。业绩怎么衡定，有整套详细的标准。两年或三年一考核，你创造的价值多，待遇就升；你没能力，不努力，就降阶。你少下来的那部分钱，实际就补给升阶的员工。戚总说："这套体系的编制，汇集了集团所有人力资源部门的智慧，像咱公司的小马就提出不少金点子。"

有零碎的掌声响起。

大伙儿还没来得及搜寻声音的来源，会场再次沉寂。戚总呷口茶，说："每位员工都想提高自己的薪酬，不如想着如何提高个人的品牌。要想赚更多的钱，不如让自己更值钱。你有实力了，有品牌了，无论待在哪里，都可以大步上台阶。"

台下没有掌声，但每位员工的表情都很专注。

戚总话锋一转："薪酬方案很快出炉。集团先试点，等运行成熟，再全面开花。我呢，想在水公司率先推行。放心，集团会尊重历史，把每位员工当前的薪酬匹配到对应的档次里。以后定期考核，重新配档。有人可能会问，如果分值都高，每个人都要上台阶，总额岂不是要增大？对！每位员工都创造出效益，蛋糕肯定增大啊！"

说到这里，好些员工眼睛闪动着光，一部分目光躲避，甚至有人低下头，藏住表情。戚总的目光来回扫了两遍，他嗓门忽地提高八度："水公司要不要第一个试水，由大伙儿定。怎么个定法？民主投票，少数服从多数。民意能反映到底有多少人支持改革。"

依旧没有掌声。

戚总心知肚明，愿意鼓掌的员工大有人在，只是在这样的场合，位卑不敢吐心声罢了。

散会后，没有正式工找戚总说"事"。能说啥呢？薪酬体系的改革，摆在桌面讲，对任何人都公平。谁要闹意见，就承认了自己的能力和拼劲不如别人，承认自己没实力，没品牌，不值钱。

综合部做了个微信在线投票小程序，无记名方式。事实上，统计结果显示，近七成的员工都同意试点。戚总喜形于色，对慧萍说："从古至今，守旧派、顽固派都是少数。但往往是这小部分群体，享受着旧体制的恩宠，占了主导地位，掌控了整个局面。"慧萍应道："还有一小部分，平日看着是中立派，无记名投票时，才悄悄站了队。"戚总笑道："我敢肯定，汤大拿和你投的赞同票。你们属于哪一派呢？"

慧萍跟着抿嘴一笑，却不知道怎么回答。戚总的猜测是对的。她和汤大拿在投票前从没有商量过，可他俩都投了赞成票。自己倾向哪派呢？她自个儿也说不太清楚。

10

周五,慧萍收到小翠的微信:阿姨,明晚有空吗?我想请您和汤叔叔来书屋聚个餐。慧萍迟疑片刻,回道:我问问汤叔叔再说吧。

接完电话,慧萍纠结着。若小翠只请她,自然爽利答应。但怎么可能少得了汤大拿?有这个男人,她到底扮演着啥角色呢?当天,她难得下个准班。回家,汤大拿正准备去倒夜班。可以肯定,小翠请客,早同他商量过。她猜得没错,汤大拿平日会提早到厂子,今儿磨磨蹭蹭,跑卫生间、擦皮鞋、梳头、整理书房,明显肚子里憋有话,在暗自兴风作浪。

慧萍静观其变。

"再赖在家里,没准要迟到了,"汤大拿终于稳不住了,他走到电视墙的挂历面前,夸张地惊讶道,"哎哟,明儿小翠请客哩,差点儿忘了。"

慧萍装着没听见。

客厅静默几秒,汤大拿接着说:"到时有事跟你商量哩。"

"有事趁早说。"

"我说了，你肯定就不去。哎哟，上班了。"不等慧萍应话，他一溜烟出门了。

汤大拿卖的这关子，真吊起了慧萍的胃口。这小子有啥新计划？他和小翠之间还藏着秘密？或者小翠有事要跟她商量？整夜猜哑谜，第二天继续猜。直到汤大拿打来电话："老婆，我来接你吗？"

"我没空。"慧萍淡淡回道。

事实上，慧萍已经到了书屋，当然不是急于找小翠解谜。说来奇怪，她跟这女孩子仅接触过两三次，可彼此间并没有太多生疏感需要克服。准确地说，她对小翠有着难以诉说的亲近感。

大病初愈的小翠尚需要调养，书屋暂时没营业。里屋是间小厨房，两孔液化气炉灶，左边炖着汤，右边在烧水。屋角有张小木床，慧萍瞧见床头放着两本汉语言文学专业的书：《古代汉语》《中国当代文学作品选》，是大专自考教程。慧萍早年也报过自考，同样是这些课本。小翠解释说，自己喜欢念书，汤叔叔鼓励她在学业上深造。

聊了一会儿，开始做菜。豆腐、鲫鱼、芹菜、猪肉，都是托请山里的菜农送过来的。慧萍难得下厨，手艺早生疏了，她就挑洗菜、洗肉的活计做。小翠剖鱼，剁肉末，手法不算娴熟。刚捣弄好，传来吟诗的声音："幡幡瓠叶，采之亨之。君子有酒，酌言尝之。"

"汤叔叔，快来呀。"小翠唤道。

汤大拿提着一瓶红酒，走进里屋，看看厨台的菜碗、佐料，嘻嘻地搓一搓手，马上接过片刀开始片鱼。刀锋平贴放在鱼背上，轻轻抹三下，鱼背的肉顿时裂出几条斜纹。慧萍刷锅，小翠切葱姜蒜末和辣椒节。烧鱼时，小翠帮着汤大拿递调料。鱼下锅不久，汤大拿颠起锅，一条鲫鱼在空中翻个身，跟活了一般。

狭窄的厨房一下热闹起来。

三个人转不过身，慧萍便到店面摆餐桌，拾碗筷。佐料在油锅里翻炸，哔哔剥剥的声响传出来，像嘉年华的音乐，拽得她的听觉神经一颤一颤的，泛起愉悦的悸动。

三菜一汤上桌。红烧鲫鱼、碎肉芹菜、煎豆腐，外加山药排骨汤，很家常的菜，却有别样的喜悦。慧萍忘记自己是客人，先挑了块鱼肉尝。小翠跟着学样，连夸味道好。汤大拿坐下来，便炫耀起自个儿的厨艺，好为人师地传授"秘诀"。小翠一边听，一边不停地给他俩夹菜。

天色渐渐暗透，望天山静谧下来。天花板的吊灯更亮堂、更温煦了。那一刻，慧萍感知到什么，心里猛跳一下，如同有麦芒在扎，整个人顿时不在状态了。她坐在桌子前，置身其中，却仿佛在远观着眼前这一幕恬适、幸福的场景。

酒足饭饱，打理好一切，慧萍夫妻俩告辞。小翠不舍地说:"汤叔叔和慧阿姨下次还来呀。"汤大拿回道:"当然哩,咱们仨,天长地久。"小翠咬咬嘴唇,眼里闪过碎碎的光。

往山下走,汤大拿故作神秘地问:"老婆,你觉得小翠像我们的女儿吗?我是说,如果我们有女儿,年龄跟她差不多大哩。"

慧萍没有惊讶。

刚才她什么都猜到了,只是第一次听汤大拿提及孩子,她心里紧了一下,酸了一下,觉得自个儿矮了半截。一种自责感涌上心头,无法排遣于外,又难以深藏于内。这么多年来,她以为把精力放在事业上,放任老公的生活方式,可以冲淡这个终身的遗憾,甚至是对老公的一种补偿。所以,她从没问过汤大拿的想法和感受。是不敢问,害怕直面这件事。现在,她发现自己是如此自私和怯懦,如此地逃避问题。

继续走出老远,慧萍倏忽转身,问:"小翠是怎么个想法?"

汤大拿嘟噜着舌头说:"小翠告诉我,她会努力完成自考,努力找份工作,努力上班,学会自食其力。其实,她担心你不同意呢。"

"你什么都跟别人商量,就没跟我说过!如今一开口,就问同不同意?我拿什么来同意?"慧萍一扭头,拐到山路的大道上。

汤大拿紧随其后。他双手插在裤兜里,低头盯住路面。行至半山腰,抬头,望着路边的高杆灯,说:"老婆,我三天两头走这条路,你瞧这些个灯灯火火,每天都在相互守望,可老给我一种感觉,它们之间,既熟悉又疏离。我是说,我们的生活可能还能更好,我想改变点儿什么。做制水工好是好,可长年累月地倒班,把日子都倒零碎了。"

慧萍驻足。

汤大拿接着说:"我自己老大不小了,但总觉还有好多事可以做。就拿小翠来说吧,她今后的成长,需要更多的帮助和关怀。"

"你到底想说啥?"

"我……我该说的,都说喽。"

慧萍侧头,定定地打量他,仿佛答案写在他的脸上。过了好一会儿,她回道:"我需要时间考虑,考虑你的动机。"然后甩手而走。

汤大拿忙拉过她的手,团在自己的掌心。慧萍挣脱,他拽得更紧了,手指在她掌心里婆娑。慧萍忸怩着,在心里笑了一下。

回到家,汤大拿第一件事就是脱下衬衣,往空中甩晃两下,说:"我洗澡喽,老婆等我哩。"然后钻进了浴室。慧萍坐在沙发上,还想着刚才的话。阳台上晒着的被单和衣服,在夜风里舒坦地摇晃。风铃叮铃铃地响。月光流淌进来,柔软,轻逸，在客厅里漾着。汤大拿的书房，半掩着推拉门，一如往日的神秘。

　　隔着那扇门，慧萍恍惚看到了不一样的未来，因为小翠就像一束光，照在自己隐秘的内心世界，照出了一幅不同的生活图景。而她，需要更多地了解小翠，主动接触她。对呀，国庆节快到了，她是不是应该借机回请小翠呢？慧萍会心一笑，突然意识到，自己从头到尾热爱着的事业，其实只是人生的一部分。在她和汤大拿的生活里，还有许多缺失需要弥补，有更多的色彩可以填充。她甚至应该重新认识汤大拿。这样想着，那段人生中最不顺利的一段往事，不由分说地浮上了她的脑海。它如同被卷起的一地落叶，细碎而纷乱。

11

结婚的第三个年头，慧萍怀孕了。

拿回孕检单的当天傍晚，汤大拿假装手里拿着放大镜，凑在慧萍的腹部仔细打量。慧萍扭扭嘴唇，将他的手拍开，压着嗓子说："这事儿，先保密。"汤大拿倏地缩回手："老爹之前说，有了娃儿，换新房哩。"慧萍眼一亮，问："换在哪儿？"汤大拿指一指她肚子，笑道："既然要保密，就别问喽。"

正说着，汤大爷咳嗽着从卧室出来了。慧萍一下想起什么似的钻进厨房。过了一会儿，她端着两盘菜出来了。汤大拿站着没动静，慧萍一皱眉："哎呀，快帮忙收拾啊。"汤大拿挠挠后脑勺，赶忙揭开餐桌上的罩网，挪开一碟泡菜、半碗猪头肉，腾出空地方来。慧萍将盘一放，擦擦额头的汗，说："今儿冒的血旺和豆腐，都是爸喜欢吃的。"汤大爷刚想说点什么，慧萍又钻进厨房，端出一盆汤摆上桌，接着捧来一摞碗筷，玩杂技一样丁零当啷配出三对，然后捏住筷子，唰唰唰地在桌面敲两下，挑出一对红头黑尾的筷子，架在上八位的那对碗口上说："爸，快喝点开胃萝卜汤。"又给汤大拿递了个眼神。汤大拿马上扶老爹坐下，又搓一搓手，给老爹舀了一碗汤。

汤大爷呷一口说："你俩刚才在说啥？"

两人没吭声。汤大爷瞧一眼儿子，说："你也老大不小了，别成天工作不上心，在家还像个小孩子！"他把"小孩子"三个字说得重重的，像加了着重号。

各自就座，客堂忽地静默下来。黄昏的风一阵阵地涌入，有些凉人。慧萍转身去拉上窗帘布，风没了，汤盆的热气直直地往上腾，缭绕着桌上方的灯泡，狭小的客堂很快就有了温暖的味道。汤大拿紧一紧手脸，夹一块咸泡菜塞嘴里，嘎嘣脆地嚼起来。没多久，一股风又从汤大爷的卧室窗户外吹进来，把半掩的室门啪地吹关上了，震得房间都神经质地微颤一下。汤大拿说："这职工宿舍房，真是小得连风都兜不住哩。"汤大爷回道："兜得住人就行了啊。"慧萍扑哧一笑，给汤大爷夹了块豆腐。仨人不说话了，只听到吧嗒吧嗒嚼东西的声音。吃到一半，汤大爷放下碗筷说："我去吃药了。"慧萍说："爸，您还没吃饭呢。"汤大爷起身摆手。慧萍脱口道："爸，等等……"

汤大爷转身，目光里似乎透出某种期待。

慧萍瞧着汤大爷的眼神，思绪却一下乱了。汤大爷退休这几年，各种小毛病不断，身体状况很不理想。如今她怀上娃，汤大爷又有意换房，按理时机也成熟了，她应该给老爷子报个喜，让他高兴高兴。可慧萍心情蛮复杂，有些犹豫不定。撇开房子的事不说，真要有娃儿了，汤大拿也得要学会关心人，把更多的精力放在家庭上。要知道，汤大拿脾性是好，但懒惰又少情调。汤大拿的"浪漫"就一件事：吃！把住家附近的串串香、火锅、烧烤、冒菜吃了几个遍，吃得她嘴角生泡，还得自个儿去买清火药。这倒也罢，让慧萍窝火的是，汤大拿一个大男人，事业上没一点儿追求。他要么在上班时间溜出去做那些焊工活计，要么下了班窝在沙发上看肥皂剧。那会儿，慧萍已经调到了综合部，在文秘岗忙里忙外，上班受了气，汤大拿也说不来关心人的话，这导致想要用耳朵享受恋爱的愿望，在慧萍这里简直无法实现。时间一久，慧萍感觉这日子像嚼二手口香糖，有些无味无趣了。

　　走神间，汤大拿用手肘碰了碰慧萍。慧萍倏地收回思绪，终归没有道出怀孕的事。她只说："爸，您早点休息。"汤大爷"嗯"一声，目光在瓦屋顶小作勾留，回卧室了。汤大拿冲慧萍撇嘴一笑，慧萍看着他百事可乐的样子，心里愈发没有当妈妈的冲动了。

　　翌日，天阴沉沉的，闷得人发慌。傍晚，开始下天东雨。综合部的部长偏留慧萍加班，说财务部在做什么融资项目，要她协助整理公司的固定资产清单。忙到七点过快结束时，雨停了,可汤大拿始终没个问候。她窝起火来,拨通他电话,响两声就砸掉。汤大拿回打过来,她故意不接,就看他懂不懂窍。过了好一会儿,汤大拿骑着单车出现了。慧萍心里甜着,嘴上却说:"雨停了,你来干吗?"汤大拿说:"以后下雨,我都来接你。"慧萍又好气又好笑:"那你是来接雨的吧,跟我无关。"汤大拿忙纠正道:"以后,我都接你。"慧萍撇撇嘴:"不是接我,是接你的孩子。"汤大拿跳上车,扭头冲她肚子笑道:"两个一起接哩。"慧萍有意为难他,说:"我现在要多走,懂不?你却偏用车来驾我。"汤大拿赶忙跳下车,推着车龙头走。走了一会儿,慧萍说:"你扶车也不扶我,就让车给你生仔吧。"

大拿傻愣着,不知咋办了。

慧萍这才算出够气了,忍不住笑出声:"算了,今天被你气够了,不想走路了。"汤大拿马上跳上车,待慧萍在后座坐稳,慢慢往家里骑。骑到半路,居然又打起小雨点。汤大拿加快了速度,说:"老婆,坚持一下,马上就到了。"慧萍气一下冲上头,朝他背上捶一下,汤大拿刹住车说:"忘了,会把孩子淋坏的。"路过加油站,便拐了进去。

雨越下越大,看样子一时半会儿停不下来。汤大拿说了声"等我",便跨上车,一溜烟钻进雨雾里。他连人带车在风中晃了晃,那样子像只受惊的鸟。等他骑远了,慧萍在加油站的小卖部里买了袋饼干,呼哧呼哧地吃起来。过了一会儿,雨停了,汤大拿提着一把新伞,全身湿透地回来了。慧萍问:"哪儿买的?"他说:"商场。"说完打个喷嚏,"以后来接你,下不下雨,都把伞带上。"

慧萍听着,心里暖了一下,也软了下来。她暗自叹口气:生活哪来的十全十美呢,生儿育女,终归是女人的使命。如此想着,一切又释然了。

12

汤大拿隔三岔五去综合部接慧萍，回家又主动掌勺做饭菜，表现还算不错。慧萍没事就看电视听音乐，零食水果敞开吃。她计划到医院做完第一次产检后如果没什么特殊情况，就给汤大爷报喜，再给领导汇报这事，方便往后减少一些工作量。周末那天，她刚准备给汤大拿说说自个儿的打算，汤大拿先给慧萍请假说："有同事约饭局，晚上不在家吃饭。"慧萍笑道："不会是你拉同事搞副业吧？"

汤大拿只呵呵地笑。

这一去，汤大拿深夜才回来，而且满身带着酒气。慧萍顺口探问情况，汤大拿很神气地说："你自个儿养好胎、上好班吧。我们男人的事，你别瞎操心哩。"汤大拿难得有一次应酬，慧萍是打心眼里支持的，便不再多话了。

不过，第二天上班，慧萍老觉得公司的气氛有些不对劲。好些同事稍有空闲，就三三两两钻一块儿嘀咕着什么。她留意一听，说的是关于公司融资的事。但让她不解的是，同事们瞧她的眼神突然变得异样。难道汤大拿在酒局上透露了她怀孕的事？慧萍再次询问汤大拿。汤大拿坚定地说："那天就是单纯地喝酒喽。"慧萍倒是完全相信老公的话。汤大拿的毛病的确不少，但他嘴巴稳，既然约定保密，便绝不会向外透露半点风声。再说了，自己又不是生哪吒，即使众人知道，也没理由这般敏感和关注呀。

又过了一天，余总突然召见慧萍，聊了一会儿工作，话头一转，问她知不知道职工信访的事。慧萍猛摇头。余总又问："汤大拿给你说过什么没有？"慧萍更是一头雾水。余总见她真不知情，就此作罢。返回综合部的路上，她发现员工们的目光一直追逐着她。下午，谜底揭晓了。原来，员工们不理解上级拿公司资产融资的决策，便联名以工会名义写信盖章，向市领导投诉。

汤大拿呢，就是那个偷工会印章的人。

这一来，汤大拿既成为众人眼里的"英雄"，又是大伙儿饭后茶余的"笑话"。那些天，同事们也明显在疏远慧萍。显然，众人担心跟她亲近了，会受到领导怀疑。于是，慧萍与这件事扯上了不明不白的干系。

慧萍只好拿老公是问。汤大拿依旧坚定地说："在酒局上跟同事有约定，这事必须保密。"慧萍跟打量外星动物一样打量他，说："对我也保密？"汤大拿说："你让我保密的事儿，我不同样也保密吗？"

不久,汤大拿被"流放"到水厂做制水工,开始倒白夜班。要完全适应新的作息规律,通常要半年到一年的时间。这样一来,别说下班接慧萍,就是陪伴她的时间也抽不出来。慧萍每天下班回家还得做饭菜,伺候身体欠佳的汤大爷。如今,生孩子这事儿,她不仅仅是犹豫,而且产生了动摇。

折腾了十天半月,慧萍身心疲惫。

余总瞧出慧萍上班很不在状态,再次找她谈心说:"对汤大拿的处理,公司是棒槌举得高,落下去蜻蜓点水,无非向上级有个交代,你不要因为这件事影响到自己的工作和情绪。"

慧萍鼻子一下发酸,是酸里带甜的感觉。她直点头,眼眶一下润了。

余总又说:"我在水公司快四年了,没准再一两年就换届,我希望在位的时候多培养些干部力量。不过,现在是新世纪,是知识经济的时代啊,对你们年轻人的要求越来越高。我看过你的履历,在文化方面,可以再深造学习嘛,时间还来得及。"

余总的话说得和风细雨,落在慧萍心里,却像敲鼓点,咚咚直响。她知道余总是认可她、看好她的。她不假思索地回道:"余总,我马上报成人大学。"

余总的这次谈话,可谓恰到时机。因为成人大学的秋季班正在火热招生。慧萍趁着一腔热情,周末就去报了名,是汉语文学专业。慧萍原本想选择周末上课的成考方式,可想到肚里的"种子",还有汤大拿父子俩各自的情况,最终选择了宽进严出的自考。这也意味着毕业难度更大,付出的总精力也会增加许多。好处是,她在学习时间上更加灵活。两害相权,只能取其轻嘛。

不管怎样,报名读书是这段时间以来唯一让慧萍感到高兴的事,甚至把她所有的烦恼都暂时冲走了。慧萍这才惊讶地发现,在她内心深处最在乎的是事业发展,这也正是她犹豫要不要当妈妈的真正原因。是啊,单位上好些跟她年龄相仿的女同事都暗自在工作上使劲儿,压根儿没有生孩子的打算呢。不过,现在她也算几头兼顾了,往后日子累是累点儿,但熬几年下来,一切顺了,也就幸福满满了。她越想心情越舒畅,当即决定:等通过学校资格审查拿到教程后,把念大学和怀孕两件事一并告诉汤大爷。到时,换新房的事自然就提上日程了。

可是,命运的船舵总是会冷不丁地转向,让人猝不及防,被迫驶离既定的人生规划方向。隔了两三天,汤大爷在职工大院散步,不知从哪个同事嘴里得知汤大拿的糗事,他顿时气得茶饭不思,咳嗽加重,痰中还带了血丝。慧萍下班带他到市医院检查,居然肺癌中晚期了!医生解释说,这种病很可能长期症状不明显,等查出来已经进入中晚期。不过,积极配合化疗,加上家人护理得好,还能活三到五年。

接下来,慧萍带着汤大爷到省肿瘤医院复查、住院、做手术、化疗。出院后,慧萍的首次产检结果也出来了。幸好,检查结果一切正常。可她没有任何兴奋感，只是无声地走出县医院。阳光穿过几棵行道树的树叶，恍如一群鬼精灵，朝她扑面而来。车辆川流不息，构成一道道华美的弧线。首饰店在大白天依然亮着灯，金晃晃的像一个个白日梦。慧萍毫无目的地游走了好一会儿，满脑子都回响着医生的叮嘱。这些日子以来发生的事情也一股脑地涌上来，不断在她脑子里盘旋，压得她几乎喘不过气来……最终，她毅然做了打胎的决定，转身又往医院走。

慧萍未曾预料到的是，命运再次给她开了个玩笑——可能是这次流产过程中出现了一点小失误，导致她终身不孕。很多年后，慧萍无数次回想起这件事，很难说是后悔还是不后悔。当初，这分明是生活逼迫她做出的选择呀。并非她顾念个人的事业发展，更不是怕苦怕累，而是必须腾出充足的时间照顾汤大爷，报汤大爷的恩情。尽管汤大爷没有活到预期的存活年限，但在他生命的最后两年里，慧萍放弃了自考学习，把所有的生活时间和精力都用来照顾他，尽到了一个媳妇应尽的孝道。汤大爷临走前，最后一句话是对汤大拿说的："好好待慧萍。"

后来，慧萍因为没有拿到成人大学毕业证，在余总在任期间的干部选拔中，她直接被筛掉了。

13

时间越来越紧迫。遵照指示，慧萍准备拟定普通岗的调员名单。戚总的目的很明确，既然主动报名的人多，那就敲定普通岗，再倒逼中层干部接招。戚总特别说了句，汤大拿第一个报名，但不一定调他到排水公司，可以内部调动嘛。

慧萍琢磨着这话，老动不了笔。这时，张军单独跑来找她，私下问："姐，我想报个名，你觉得妥当不？"

慧萍像被烫着似的，唰地从椅子起身，说："行是行，可未必符合戚总的意愿。"张军摇头："我清楚，戚总盼着有中层干部出面支持改革，我是他老人家破身份提拔的，应该知恩图报。"慧萍不语，张军又说："水公司好是好，可我老有一种压力，即便薪酬改革，取消了身份差别，感觉自己还是很难完全融入进去。换个新环境，担子肯定重，但人会轻松些吧。"慧萍沉吟少顷，说："要不你再考虑考虑，我报给戚总前，会找你确认。"

张军走后，慧萍沉不住气了，她私下找到黑胖，把张军的想法，连同戚总在圣乡花市说的话，和盘托出。黑胖明显没有之前执拗了，但他话里依然打着太极，留有余地。他说："我没说过不去，只是中层干部报名，我不想当第一个出头鸟。何厂长、小钢炮他们也是这意思。"慧萍心里咯噔一声，问："那希望谁当出头鸟？"黑胖盯住她看了一会儿，笑道："你问的，也是我想问的。不过，你老公报了名，戚总不会瞄准你了。"慧萍懒得多解释，又问："你投票选的啥？"黑胖还说："你问的，也是我想问的。"这次，慧萍盯住他看了一会儿，说："我猜，咱俩选的一样吧。"黑胖摸一摸头，迟疑道："选啥，跟报名没关系吧。"

回到综合部，慧萍坐在电脑前写名单，依旧敲不出一个字。其实，她的心态跟黑胖一样。革命革命，革到自个儿头上了，就下不了手。坐在电脑前，她像是在跟改革打冷战，努力耗着时间。可一旦瞧见屏保上跳动的时间数字，又如同看到一把铡刀，一刀刀铡得她心慌。

下午，又炸出一个意外。不知哪些员工终于耐不住"寂寞"，再次发扬"光荣"传统，匿名向市长公开信箱投诉，说公司上半年招聘，人员是早内定好的。信访件转到县里的信访局，局里同时转给集团和当地的纪检机构。依照流程，三天必须给出回复。

所有人都明白，水公司每次招工，哪一回不是招蜂引蝶？又有哪一回能够做到唯才是举？这从来就是公开的秘密。每一回,大家总要发发牢骚,抱怨两句,但也仅此而已。因为没准哪天,轮到自己的三亲六故需要公司赏个饭碗呢?

到底谁在这个节骨眼滋事?

每个员工都成了福尔摩斯,推理结果很快出炉:有一撮正式工,反对公司试点薪酬改革。但抗议很难摆上桌面,因为谁闹,谁就承认自己没实力,没品牌,不值钱,尤其承认自己钱拿得多,能力没合同工强。趁薪酬方案没正式出台,给改革添点乱,叫集团知道水公司不好惹,放弃拿水公司开刀试点的想法。至于以后有什么变数,谁都说不准。比如,在其他子公司试行,效果不好,或许会修改甚至放弃薪酬改革。就算最终强推,合同工受益还要等两三年。那时候,老员工更老了,"吃亏"的日子总归少些。

如今,这事被捅到市级层面,县里必须认真对待。万事就怕认真,要查哪有查不出问题的?事实的确如此,结论说,存在萝卜招聘。比如,工程类的管理员,文凭的设置门槛过低;两个给排水全日制本科生,笔试成绩好,面试分却太低,被淘汰;文秘岗同样如此,在市报社有实习经验的大学生,没胜过刚毕业的职院生;签合同定身份,随意性太强,无规则可循。

接受调查时,戚总把责任全担了。担了,结案快;担了,不给集团添麻烦;担了,不给五名关系户背后的神仙添麻烦;更重要的是,担了,省得慧萍背个不该背的处罚。公布处理结果还需一段时间,但从集团和调查组的谈话中推断,戚总会受到党内严重警告的处分。

慧萍心里很不是滋味，每次见到戚总，目光都有些躲闪。反而是戚总，情绪不算太坏，还开始催促调员名单。慧萍呈交了两个方案，总体思路一样，依照不增人、暂不增设管理岗的原则，从营销线、维修队、工程队、管网所，以及生产线抽调出九名员工，加上今年新招的五人，总共十四名。缺出来的岗位，暂时不补空，哪个部门实在撑不住了，再研究讨论。两个方案的差别在于，前者把汤大拿调到排水公司，后者是内部调动他。说来，汤大拿这个"元素"蛮重要。如果外调他，慧萍选择了更多的正式工，后者则以合同工为主。而且，汤大拿的走向，可能将影响到中层干部的调动难度。

倾向哪个方案，戚总没有表态。

慧萍忐忑等待结果。转眼秋分，常务副县长和集团领导突然到公司调研，坦诚道出国企招聘不公平的深层次原因，算是隐晦地替戚总打抱不平。又说："国庆节过后，上级会派新领导接任。不是对戚总不满意，是担心个别员工老瞄准他放暗箭，找碴闹事。"

轮到自由发言，戚总抢沙发，微微一笑，说："我总算跟上几届领导一样，享受到信访待遇，也算功德圆满吧。我希望无论谁来接手，都要坚持改革，坚持薪酬体系试点。"

戚总开了头，苏副总紧跟而上，又有好几个部长表态支持改革。董事长猛点头，问："排水公司的调员有没有障碍？"

慧萍以为又要冷场了。不料，戚总马上接过话头："这事，我检讨。普通岗名单有了，我老拿不准主意。中层干部呢，暂时没个定型的方案。"说完，撇着嘴，环视会场一圈。

慧萍慌乱地低下头，心里像有鹿在闯。她比谁都清楚，就差那么一丁点儿，只一丁点儿，整个计划便能动起来了。慧萍不自在地叉着十指，脚趾在鞋里扭动着。

副县长往椅背一靠，说："老戚勇于直面问题，好。"

戚总顿时眼神黯淡。气氛变得尴尬了，会场出奇安静，能听到彼此的呼吸声。这时，慧萍吞吐道："尊敬的领导，请允许我说两句……"

霎时，所有的目光聚在她身上。

慧萍倒抽一口凉气，胸口微微起伏一下，说："其实，中层干部的名单，戚总在心里早定好了。我呢，已经决定主动报名。"

戚总捧茶杯的手有不易察觉的颤抖。何厂长、小钢炮对视一眼，目光同时转向黑胖。黑胖盯住桌面，紧紧捏住拳头，指关节处都绷出白印儿来。副县长说："好！新领导来了，老戚要不吝赐教，给出宝贵意见啊。"临走前，他跟大伙儿一一握手道别。跟黑胖握完手，刚准备抽出手来，黑胖忽地紧握副县长的手，说："我和慧萍主任都报了名。"副县长大有深意地笑一笑，再次跟黑胖握手。

散会后，慧萍整个人都轻松了。那感觉仿佛自己是团棉花，以为落进水里会沉下去，没想到，这会儿正漂在水面上，悠悠荡着。慧萍眯眼享受着这种感觉，心里一阵温润的颤抖。

14

下午，慧萍主动做了件事，她拟出中层干部的调动名单，找戚总审定。戚总正坐在办公桌前，静得像块铁。见到慧萍，他咧嘴一笑，说："天气不错，我想走趟崖头山的加压站。"慧萍心一下绷紧了。山里人干活踏实，人情世故方面却木讷。她担心工人们说错话，坏了他刚好转的心情。

到目的地，戚总果然没享受到应有的"礼遇"。制水工和维修工望着他，目光怯怯的。戚总呢，乐得嘴跟喇叭花一样，主动散了一圈烟，把大伙儿召集在空坝里，蹲在花台边闲聊。他说："这一年，我到你们这里的次数不多，可每个人的情况，我心里有数。"又拍拍身边的小王，"老弟，看了你们的加班表，上个月你加了六次班，对不？大湾塘附近爆管，你抢修到凌晨五点，第二天接着值班，老黄牛啊。"

小王羞涩地挠挠后脑勺，其他人跟着议论起来，气氛活跃了。

戚总又将食指竖在眼前，对小包说："包老弟，你考电工，没过。为啥，你跟我一样，不爱玩电脑。"小包垂下头，憨憨地笑。戚总正色道："现代企业，每位员工都要与时俱进，必须学啊。"

大家鼓起掌来。

戚总更来劲儿了，请大家都发言。他烟瘾大，听的时候不停发烟。有工人想回敬，又觉得自己的烟档次太低，犹豫地掏出来，又揣回去。戚总见状，忙主动发烟。对方不好意思，就推辞说："刚抽了，歇一会儿吧。"戚总喷喷两声，把烟头塞进对方嘴里，说了句大伙儿最爱听的经典玩笑："现在抽，抽的是能量，晚上回去更能抽。"

工人们笑得前仰后合。

傍晚，戚总告辞，工人们一定要拉他吃晚餐。添饭加汤，戚总统统照单接着。饭有点儿硬，汤偏凉，他却吃得很香，碗在手里，老舍不得放下。天色暗下来，餐屋拉亮灯，昏黄一团，照得人影模模糊糊的。他环顾一圈，对站长说："这灯，这餐桌，这碗筷，旧得快成古董了，咋还不换？跟公司申请啊！"站长不停点头。戚总瞧瞧门外的院坝，又说："现在农村同样奔小康，这路面，铺成柏油，用户来办事看着也舒畅嘛。"站长说："铺路费用高，必须提前列支到明年的综合预算里。"戚总说："行！就明年弄呗。到时没整改，拿你是问。"大家愣了两秒，戚总猛然反应过来，轻轻叩打桌面说："只要关乎员工的事，没一件小事。我在位期间安排的工作，退下来也要监督落实。"

大伙儿连声叫好。

戚总继续散烟。餐屋很快腾起烟雾，比灯光还温暖。

返程时，戚总想起什么似的说："慧萍，等新领导来了，那个什么汤汤水命，大余治水，张冠李戴，又要续写了。依我看，太俗气了。到时，重新写一首吧，要写出时代感来。每一届领导，不管是非功过，都不容易啊。"

慧萍习惯性地说："戚总给点指示吧。"

"在金牌办公室主任面前，我可不敢班门弄斧。不过，你们这诗，少个标题，我建议，就叫《水调歌头》，咋样？"

慧萍连声说好，又掏出手机，在备忘录里记下这名字，这才发现微信上有汤大拿发来的消息：老婆，回请小翠吃饭的事，小翠说，国庆节她想好好复习功课，节后有三门课程要考试。之前大专自考没有考过关，她不好意思来呢。慧萍来不及回复，接着给戚总说："配这么好的标题，我就一个高中生，要写新内容我真担心自个儿的水平不够。马晓婷是文学专业的大学生，她保证没问题。"

戚总咧嘴笑笑，拉下车窗，眺望远处。

天将黑未黑，山顶亮着微光，像一团白色的雾气。山路蜿蜒曲折，轿车盘旋行驶，像一只渡过风口浪尖的小舟。

番外

夏东小传：等待

1

短短两天，夏东的事儿像风一样传遍公司。夏东浑身不自在，老感觉大伙儿都在注意他，每天一下班，便急着逃离那些盯梢般的目光。今天路过超市，一个美女从门口出来，提着个大口袋。两人目光撞上，对方眼神闪了一下。夏东下意识埋头，加快脚步离去。

过了一会儿，有声音从他耳后传来："嗨，夏东。"

循声回望，正是刚才那个女子。他警惕地"嗯"一声。

对方跟上来说："这么巧，在这儿碰上你。"

夏东用目光抛出一个问号。

女子笑道："我们是同事啦，我叫马晓婷，在综合部上班。"

"综合部？"夏东注视她几秒。短发，五官平淡，素净中透出灵气。

"呵,你是维修管护队的,才来单位一个多月,对吧?大多数员工都没见过你。再说啦,我上班也不太久,很多员工对我同样不熟悉。"

夏东还想说点什么,却找不到话题。短暂沉默,他这才伸出手说:"帮你提吧。"

马晓婷没客气,把袋子递去说:"谢啦!哎,超市搞活动,洗发液满十瓶打七折。几个同事凑在一块买,今天补休一天,便托我当采购。"

"羡慕死了,我一周能休一天就不错了。"

"维管队的人不算少,但能干活的不多,所以忙得够呛。你们队长我认识。不过,我跟杨师傅最熟,他对绿化管护、水电机修都蛮在行。马林呢,比你早来几个月。呵,还有个叫刘巩的,老窝在办公室。偶尔高兴,也会到草坪区浇浇水。"

夏东笑道:"你有点像查户口的。"

"嘿,别打岔。"马晓婷跷跷大拇指,"你嘛,是我们眼里的英雄。"

"嗯?"夏东语塞,脑子里倏地浮出那件事来。

一周前,公司总部的配电间出故障,有烟雾漫出廊道,四下顿时兵荒马乱。维管队接令赶来,队长站在廊道指手画脚,夏东和马林钻进浓烟抢修。夏东瞧见一个年老的人从会议室踉跄着出来,不小心跌了一跤。他一个跨步上前,把对方背出了楼道……另一边,杨师傅冲进配电室,迅速取出灭火器灭掉所有的燃点。局面很快控制下来，刘巩这才走进来。过了些日子，公司召开安全专题会，通报事故，强调安全，又表彰了救火人员。队长和刘巩走上了领奖台。夏东此时正在会议室外维护消防设施，听到获奖名单，觉得被人无端打了一棒。迟疑片刻，他轻轻推开大门，吱嘎一声，秋日的阳光，连同他的身影，十分突兀地倾泻了进去。慧萍正在主席台边拍照，立刻侧头问道："啥事？"夏东深提一口气，问："那天杨师傅、马林还有我，冲在前面，为什么没我们的名字？"他声音不大，但好些同事都听见了，彼此窃窃议论起来。慧萍瞪他一眼说："没见正在开会吗？有啥疑问，下来再说吧。"

会后，慧萍向他解释说："你才来不久，不知道我们这里的情况吧？公司有三种用工形式，像你和杨师傅，还有马林是劳务公司派遣的，和单位没有直接的人事关系；第二种，就是跟公司签了用工合同，那叫合同工，待遇呢，会比……正式工差一些。昨天的表彰只针对正式工。"

"还在为那事儿耿耿于怀？我已经看习惯了。"马晓婷撇撇嘴，"就说这洗发液吧，正式工每月发劳保，双职工用也用不完，拿来给自家的宠物狗洗澡。谁叫我们是派遣工。"

马晓婷将身份一交底，马上打散了夏东的戒备心。

两人走着，自然而然就有了共同话题。马晓婷说："哎，就这派遣工，我妈也是找了熟人才搞定的。"

夏东回道："我职院毕业后，也是舅舅托人，才来这儿上班。我们大兴山的老乡啊,羡慕得很呢。"

两人都笑了笑。

马晓婷又说:"听我妈讲,转正就别指望了,但等机会跟单位签个合同,待遇也会提高不少。"

"是啊,我舅舅也这样说,等待机会呢。"

在岔路口分手,马晓婷接过口袋说:"下次采购,有兴趣拼团不?不光洗发液、洗衣粉、香皂、提纸、色拉油……都可以的。别小看哦,每个月能节约好些钱。"

夏东略一沉吟,点头同意了。

马晓婷掩嘴笑道:"好,以后你就是采购助理,负责提货,今天算实习啦。"

2

夏东跟马晓婷熟识后,在公司碰见过好几次。马晓婷还专程找过一次夏东,说综合部坏了一盏灯,事太小,懒得报队长,直接让他搞定。

夏东马上背上工具箱,跟马晓婷去了。这一次,马晓婷有心事似的紧抿嘴,一言不发。刚进综合部,李悦悦从办公室探出头,咯咯咯地笑起来:"马晓婷,我说了嘛,你亲自去叫夏东,效率高得多,对吧?"马晓婷脸上倏地飞出两团彩霞。干完活,李悦悦拉着他俩闲聊,说:"百货大楼正在搞手提纸促销活动，这事啊，想让夏东同志代劳呢，因为现在你是马晓婷的助理嘛。"

夏东欣然同意，当然是跟着马晓婷一块去的。后来，每次购货，马晓婷都拉上他。夏东感受到了笼罩在彼此间的美妙气氛。翌年春天，夏东觉得应该向马晓婷表白了。想来想去，选了个传统路线：请她到影院看爱情热播剧。回去的路上，夏东吞吞吐吐道："马晓婷，我不会表达，心里的话，影片里的男主角都帮我说了。"

马晓婷静静端视他。

"咋了？"夏东问。

"看电影时，我睡着了。"马晓婷温和地抗议。

"爱情，爱情不一定惊天动地，但一定要真实！"夏东扭捏地复述了台词。

"哦，想起来了……"马晓婷扑哧笑开了。

恋爱关系明朗后，两人的事儿很快成为公司的热点新闻。马晓婷的母亲也借着给女儿送鸡蛋的机会，见了夏东一面。老人家挺热情，好几次倒茶递水果，夏东暗自欢喜。只是走的时候，马伯母说："夏东，你和马晓婷都得加油啊，争取跟单位签合同。"

夏东听出这话里的分量。他和马晓婷苦苦等待机会，可就是听不到签合同的消息。每次发奖金福利、评先选优呢，两人都是靠边儿站。劳务方受公司托嘱，也讨论过用工待遇的事儿，但讨论的结果就是下次再讨论。倒是综合部的同事里，李悦悦神不知鬼不觉地签了合同。

这一来，马伯母见了夏东，一次比一次冷淡，话越来越带刺："哎，马晓婷她爸四十岁患肝癌走掉，我就靠一间小茶铺营生，日子过得磕磕绊绊的，女儿长这么大从没享过福。这辈子只盼她嫁个工作稳定的男人，当妈的也不用操心她的生计了。"

夏东听得心里直发慌，感觉气都快喘不过来了。

3

转眼秋天。夏东听到好消息，说年底公司会招几名合同工。同等条件下，可能会优先从派遣工里选。还传言，至少要选三名表现优秀的派遣工。

马晓婷说："机会来了。"

夏东说："我们都够条件。"

"别乐观，每个派遣工都会暗中使劲的。"

"碰碰运气吧，我给队长说了，请他关照一下，他也点头了。"

两个月后，维管部召开会议。夏东心里既紧张又兴奋。到场后，除开杨师傅，所有人都来了。队长宣布了一件重大的事。原来，前些天，草坪区有水龙头坏了，漏水，没及时维修,不巧把前来检查工作的上级领导滑倒,摔成小腿骨折。调查结论说,是杨师傅平时巡检不到位。单位处理得够狠啊,辞退了他,又把队长平调至材料部主持工作,接替马上快退休的部长。沉默了一会儿,队长又说:"现在公司领导任命刘巩为副主任,主持维修队的工作。还有……对,老刘,你已经走马上任了,这事你来宣布。"

刘巩迟疑几秒,呷着烟说:"因为杨师傅出了这事儿,今年维管部取消了合同工申报的指标。不过,别灰心,在我的带领下,以后肯定有机会的……"

夏东很快知道真相。

原来,那天明明是刘巩去浇草,水龙头坏了没管也没报修,可最终责任却落在杨师傅身上,他和马林也成为牺牲品。他的情绪一下跌入低谷,向马晓婷埋怨道:"简直欺人太甚,现在不仅没希望签合同,没准哪天还落得个杨师傅的下场。"

"早说了,别把事情想得太简单。"

"可是,我,我们总不能一辈子都这样忍气吞声。"

"我妈在暗中使劲。"马晓婷说,"不过事情很难办呢。"

夏东心里涌出一大团墨水,不祥地四散开来。

4

离年底越来越近。马晓婷的妈又来了趟公司,夏东殷勤接待。一番家长里短后,马伯母低眉垂眼地说:"夏东啊,不是说派遣工有什么不对,只是人一辈子路长,养家糊口、生儿育女,经济是基础,光靠感情是吃不饱饭的。我的意思是,马晓婷不能一直这样耗下去啊。"

当晚,夏东找到舅舅求助。舅舅歉意道:"我托人问过几次,公司不少领导换来换去,关系越来越生疏。签合同的事……夏东,好好干活吧,等待机会。"

翌日上班,夏东央求刘巩说:"队长,能不能给上级领导反映一下情况,为我们把指标争取回来。"

"切!指标指标,有计划有标准。没指到我们部门,申请有用吗?"

夏东不甘心坐以待毙,干脆去找工会主席。对方听完他的请求,说:"今年是有几个指标,但这有程序的,不是都来说说情,就能答应。"

"程序?什么程序?"

主席拍拍夏东肩膀说:"年轻人,你的心情我理解,但这急不来,先把业务干好,以后有机会的。"

夏东从她掌心读出一丝同情和劝慰,心彻底凉了。

那些天，他也没心思干活，时常在大院里瞎转。日子一天一天地过去，夏东没有半点主意。昨天，他决定再去找工会主席，突然听到有人在唤："小伙子，很久没看到你啦！"

转身一瞧，是个老头，正眯细眼冲他笑。半晌，他反应过来说："您是去年在会议室……"

"对对对，"对方接过话头，"去年配电房着火，是你把我背出会议室的。"

"想起了。这没什么，小事。"夏东说。

"小伙子，单位需要你这样优秀的员工啊。"老人赞道，又问了问他的工作情况，鼓励他说，"年轻人，一定要多学习，努力把业务干精，争取成为骨干啊。"

"前辈多指导。"他嘴上客套着，心里根本不是滋味，"呃，老前辈，我还有事呢，对不起，回头聊吧。"

夏东接连半个月都没有勇气见马晓婷。反而是她主动找来，说："我妈说，签合同的事差不多有眉目了。"

夏东情绪复杂地回道："祝贺你，马晓婷。"

"可是好讨厌，我妈开始硬拉上我去相亲，见一些莫名其妙的男人。跟她闹了好几次别扭，她就说，夏东的工作不稳定下来，除非我死了，否则你休想嫁给他。"

夏东心一横地想，事到如今，要死也死个明白。

他先到综合部找慧萍，想问问主席口中的"程序"到底有多程序。去了两次，慧萍都出门办事了。第三次，依然如此，但慧萍的电脑打开着，屏幕上的一张照片引起了他的注意：是位老人，举着一台水泵模型，向几个工人讲述着什么。这不正是我救出的人吗？思忖间，夏东憋在心里的气涌了涌。这次，他决定等慧萍回来。

快下班时，慧萍终于出现了。表明来意后，慧萍说："让我怎么说呢，什么事都有程序，但也没一成不变的东西。我只能说这么多，明白了吧。"

"不管啥程序，总要看员工的表现吧？"夏东突然指着电脑，不甘心地说，"对啊，这个老前辈，前段时间他碰见我，还表扬我呢……"

"他？"慧萍眉头一皱，打断道，"你是说我们的退休领导余总？他是高级工程师。前些日子请他来做技术指导呢。这年底，单位出供水风采的展板，正准备选一幅他的照片。"慧萍突然眨眨眼，"按你所说，你算是他的恩人哦。"

夏东听到自己的心脏猛跳了几下。

接下来，夏东没有费太大的周折，便打探到余总的电话和对方的住处……

5

漫长的等待。翌年春天，夏东终于拿到了那一纸合同。他即刻跑到马晓婷那里分享喜讯，头脑里浮现出这样的场景：和她并坐在一起,马晓婷妈欣赏着两人的用工合同书,如同在欣赏他们的结婚证。

"我没有接到签合同的通知。"马晓婷沮丧地说。

"你妈不是跟领导说好了……"

"不知道啊。刚才问了我妈,她也不明白是怎么回事儿。"

夏东抽空再次去了趟综合部,慧萍正欲外出。她退回门里,低声说:"领导说你是后来追加上的,去年的指标只有四个,就把分配给综合部的刷了下来。"

夏东呆呆地站在廊道间,脑子一片空白。

没多久,公司又刮起一股风:马晓婷的指标被她男朋友"抢"了。月底,夏东突然离开了公司。风还没吹大、吹出味道,就停歇了。夏东去了哪儿,和马晓婷还有联系吗?没人知道。只是指标空出一个来,很快"还"给了马晓婷。

……

两周以后的傍晚,远离公司的休闲广场中心。

"昨天在开发区的捷动泵业有限公司落脚了。"夏东说。

"这么快?"马晓婷拂拂刘海,"也是派遣……去的?"

"私人企业,哪来什么正式工、派遣工,统统叫打工喽。"

"慢慢来嘛。你舅舅托的人?"

"不是,自个儿找的。在公司做了这么久的维修工,积累了些经验，对方就答应试用喽。"

马晓婷抿嘴笑笑，笑容在脸上挂了两秒。

"笑什么？"夏东问。

"哭够了就笑呗。"

夏东定定注视她的眼睛："怎么了？"

"前段时间，我妈看我天天哭，突然不念叨了。昨天还莫名其妙地问我一句，咦，夏东到哪儿去了？"

两人默然良久。

半晌，马晓婷开朗地说："再告诉你一个好消息！管维队走掉了杨师傅和你两个真正能干活的，基本上运转不动啦。领导商量后，决定近期撤销这个部门，剩下的员工合并给工程队。所以，这已经证明你很重要啦。倒是我，以为你再也不露面了呢。"马晓婷突然咬住嘴唇，狠狠拧了拧他胳膊。

夏东"哎哟"一声，又是一阵沉默。四下人潮声涌动，却仿佛来自遥远的海边。

老丁小传：扑腾的鱼

1

老丁睡眠一向好。可是到水公司不到两个月，他失眠了。整个晚上，老丁的脑子里咚咚当当地响个不停，那是莫大超用錾子敲水泵壳的声音。

老丁原是水务局的副局长。在李总犯事、戚总履新的空档期，他刚退居二线没多久，身份是二级调研员。于是，上级派老丁临时代理水公司总经理的职位。

老丁辗转反侧，正是因为大超。头天下午，县办公室主任通知他说，明天省领导要到开发区调研，让做好供水保障。还笑道，丁老总，知道你还有半年多就光荣退休了，有劳您站好最后一班岗啊。这一说，老丁马上跑了趟制水厂。好几个员工跟他对撞过，也不打招呼。大超呢，还掉头往车间去。厂长瞧出他的情绪，打算唤大超回来，老丁忙摇头阻止。路过维修室，见夜班值守牌挂着大超的名字，便忍不住走进去。小木床打理得清清爽爽，桌子上码了几个本子。老丁翻开一瞧，维修记录簿，个人工作日志。压在最底的，是合同工年度自评表。大超填得比往年都详尽，自我评价栏还贴有附页。那些工工整整的字，如同一个个小石子，硌在他眼里心里，隐隐生疼。离开厂子，大超还在车间。老丁老远都听到錾子声，咚咚当当的，听得他心里直发慌。

就这样，錾子敲了一宿，把天敲亮了。

老丁一到单位，就召开经理会。苏副总和马主席姗姗来迟，老丁没给脸色看，还散了一圈烟。完了，老丁这才说："新领导应该很快就会来。所以，我没准明后天就撤退。但不管怎样，心里还真想做一两件好事儿。公正地说，李总犯错归犯错，但他曾经提出优秀合同工转正的想法，是值得赞赏的。所以，想来想去，今年的合同工考评，还是打算在代理期弄完。"

苏、马两人对视一眼，没吭声。

老丁暗自叹口气。他临危受命，短短一个半月，把水公司的人事掌握得差不多了。这些年，合同工越来越多，老丁觉得应该让他们有盼头，决定出台新招数：凡是工龄满五年的合同工，三年一评，前三名转正。上级对此有些犹豫，老丁不高兴了，说："老说水公司太传统，可真要动手术了，又瞻前顾后？我一把年纪跑来打酱油，瓶碎了就换瓶。我都不担心，你们还怕啥？"

这一说，上级在请示上签了三个字：请妥处。

说是妥处，执行起来才知道有多烫手。考评前，各路神仙都跑来托情，让转张三转李四。老丁一律拒绝。不到十天半月，老丁为这事得罪过好几个领导，他只能打掉牙齿和血吞。这还没完呢，总有法力高的，你必须买账。所以在这件事上，老丁成了拿钥匙的丫鬟——当家却做不了主，老丁索性叫了停。他想，还是把合同工考评的事儿留给新老总练手艺吧。那些刚看到希望的合同工顿时泄气了，对老丁自然没个好脸色。老丁在水厂遭受冷遇，心里的火又燃起来，这才有了紧急会议。

现在，老丁瞧出苏、马两人的心思，又补充道："我可以负责任地说，我没有私心，就想公公正正选一次。"空气凝固了几秒。老苏抹了抹脑袋，忽地笑道："时间还来得及。"老马抽一抽鼻子，跟着附和。

老丁长舒一口气，一股深深的倦意感却裹挟而来。

2

考评工作在当天启动。正值倒春寒，天阴阴的，乌云挤着乌云，有一种风雷暗蓄的平静。但这一回，老丁是铁了心要做金钟罩铁布衫，来个刀枪不入。他把时间压得很紧，准备本周五敲定结果。其实，光是考评，年年都在搞，整个程序并不复杂。合同工填好自评表，各部门审核，给出最终分。科室长都是好好先生，满分八十，实际给分从不低于七十。剩下二十分由经理会综合评定。换句话说，合同工转正，谁能中彩，实质上由经理会说了算。

如老丁所料，第二天上午，平日躲在通讯簿里的天兵天将，现在跳出来，开始在他手机屏幕上眨巴眼睛。先是驿马渠管理处的一把手，老丁找综合部探了探情况，公司有两个关系户都是对方塞进来的；接着是原县领导的原秘书周大爷，他儿媳妇是公司的合同工，上下班都难得准时一回。周大爷却"问候"老丁好几次，非让给个转正指标。老丁担心他跑办公室纠缠，就溜出去看病。他有颗假牙，牙套有点儿松了，需要弄一弄。下午手机"躁动"好几次。每次他都想，医生正在给我弄牙呢。回家后，还叮嘱家人说："如果有人登门造访，统统说我不在。"

周三晴朗了，老丁的手机却开始风起云涌，而且登场的人越来越有分量。一个个跳出来，像闪电，闪得他直发慌。老丁干脆跑到山区巡视。山上信号差，他手机一下清闲了，只是一整天的时间不好打发，他七弯八拐，把所有的小水厂、加压站巡个遍，走得双腿发软，但也走得心头踏实下来。

这一夜，老丁睡得特别香。

翌日起床，老丁做的第一件事，就是提醒自己：老丁，最后一天了，你必须得挺住。是啊，办公室在下班前整理出资料，明儿上午经理会成员碰个头，就一锤定音了。刚到单位，国资局的杨局长给老丁打来电话说，请他过去一趟，沟通一下水公司目标考核的事。

老丁暗喜，沟通吧，沟通得越久越好，那样就不用接电话了。

到了局里，杨局长把老丁叫到办公室说："自来水公司去年的绩效考评分出来了，A级，祝贺呀！"

老丁连声感谢。

杨局长又晃晃脑袋，说："不过局上讨论时，争议很大。因为去年你们大面积降了一次水压，按理要扣掉四分。我力排众议，说管道自然爆裂，很难预防，最终只扣了两分，刚好擦到A级线。"

老丁微弓身子，又不断道谢。

杨局长忙扶住他手臂，说："老丁，您这样，折煞我也。你在水务行业干了一辈子，现在快退休了，还在一线战斗，不容易呀！我侄女杨丽夸您是拼命三郎，常说您为工作宵衣旰食，披肝沥胆呀。"

老丁说："谬赞谬赞，谢谢杨局长抬爱。"

杨局长笑道："对了，说到这儿，我顺便问问，丽丽这孩子表现咋样？她内是内向点儿，但爱学习，去年报考了电大函授班呢。"

杨丽优不优秀，老丁真没印象。他谨慎地说："公司的年轻人，都在不断进步呢。"

　　杨局长点点头："老丁，谢谢您对丽丽的抬爱。听说她工龄刚好满五年，这次也积极填写了转正自评表。"

　　老丁心一紧，啥都明白过来了。

　　杨局长又比出三个指头："名额有三个，对不？反正不能影响大局。"说完，死死地盯住老丁。

　　老丁心里晃悠几下。

　　杨局长看看表说："哎哟，我得马上开会了，您先回吧。对啦，水公司的考核结果要在会上走程序，不排除有人提出异议哦，但我会帮你顶住，放一百个心！"

　　杨局这话，彻底把老丁的防线击垮了。

　　过了一日，老丁问办公室主任："资料弄得怎么样了？"主任递来名单说："这次满足条件的三十五人，现在交资料的，只有八份……不，九份，杨丽的自评表有点问题，她领回去正在修改。"说完，她意味深长地瞟一眼老丁。其他文秘相互传递着眼神。老丁怔一下，挥挥手说："再催催。"主任说："都催了，电话催、网上催，只有这么多。"老丁牛蛋眼一瞪："怎么回事儿？"主任碰两下嘴唇："不……不清楚喽。"

　　老丁生出一种不祥的预感。他接过名单，来来回回瞧了好几遍，没有大超的名字！

　　沉吟片刻，老丁决定跑一趟水厂。

3

到厂子,员工依然疏远老丁。厂长跟在老丁后面,同样若即若离。老丁拿厉眼瞟他:"我查看过你们的工作考核表,去年降水压,绩效被扣掉好几分。这天气快升温了,生产任务重,我不放心,再来瞧瞧,马虎不得啊。"

厂长赶忙陪他转了一大圈。老丁没心思细看,倒是留意着大超,偏偏没见他人影儿。路过维修室,老丁还迈进去转悠,故作轻松地问:"合同工的自评表,都交了?"厂长说:"交了。但我审核完,大超又让我退了回去。"老丁问为啥,厂长迟疑道:"不清楚。"又补了句,"他去石林镇加压站巡检,估计快回来了,要不你亲自问问他。"老丁哼一声:"随他便,我懒得操这份心。"说完,却坐在椅子上,一支接一支地抽烟。烟雾飘散,大超和他的影子,也不停地在他脑里晃荡。

老丁到公司第一周,就听闻了大超的工作表现。在第一次职工大会上,老丁点名表扬了他。会后,大超跑他办公室,递上一支烟。他不善言辞,只冲老丁点头笑,不停地说谢谢。老丁说:"大超,好好干,机会都是给有准备的人。"老丁清楚地记得,当时大超望着他,眼里的光,明亮、虔诚又惶恐。这次考评新规定宣布后,大超居然跑老丁家里来,非要塞两条烟、两瓶酒，外加一大篓扑腾蹦跳的鲫鱼。老丁急了，呵斥道："知道现在啥形势吗？你这样做，害人害己啊！见你不吭声不出气，没想到你心机比谁都重！你走，马上拿走，否则明天别来上班了……"

大超听着，嘴唇发暗，身子也抖起来，他提着烟酒，灰溜溜离开了。

鱼呢，忘拿走了。老丁本想让唤他回来，把鱼带走，老婆劝道："算啦，你这样太伤别人自尊了。"老丁这才意识到自己的话说得有些过火了。他本想找个机会跟大超谈谈心，但终究没放下架子。大超呢，干活仍旧卖力，人却更内向了。那天晚上，厂子遇到电气设备应急抢修，大超居然又没在现场。过后他解释，家里人生病，带她去医院了。

老丁暗忖，这大超，没员工说的实诚啊。

无论怎样，老丁没有真正责怪过大超，特别是昨两天看到大超的态度，看到他填的表，老丁明白，考评的事，短短一周多，启动了又停，停了又启动，现在还杀出个杨丽，员工对这事失望了、不信任了！老丁不服气啊。这些年，水公司接管山区供水、搞技术改造、扩建新水厂、铺大管网，自己作为水务局的二把手，作为行业管理的领导之一，开过无数次会审议项目，跑过很多回现场指导。所以，水公司好多员工都熟悉他，对他评价相当不错。现在，却因为考评这事否认他的全部。老丁必须挽回这个不利局面。

就在老丁把烟抽得发腻时，大超回来了。老丁马上跑库房巡视。大超见到老丁，又避开。厂长唤住他说："丁总等你快两小时了，知道不？"这话把老丁的火气一下点燃。老丁想，如果他还冷着脸，我甩袖子就走。结果，大超还讷着表情，但停了脚步，规规矩矩地站在一边。老丁摆摆手说："行了行了，各忙各的吧。"

老丁磨磨蹭蹭地走了一圈，又往维修室去。来到屋檐下，他来回踱步，眼角却往里瞟。他看到阳光把大超的影子投在桌面上，微微扭动着。老丁能猜想到他躲在门边，很不自在的样子。老丁故意冲厂长大声说："你呀，不要只管业务，员工的思想工作也要重视。一时半会儿没得到自己想要的公平，受一丁点儿委屈，就耍脾性、玩任性、摆傲性。我当年高中毕业，在水务提灌站做水电工，天天蹬三轮抬水管，挖泥巴钻阴沟，啥都干，整整干了两年啊。跟我一块的同事，没我能吃苦，但有的坐办公室，有的被派出去学预算，还有的做科长。我抱怨过不公平吗？我要抱怨，今天能站在这里说话吗……"训完话，老丁看到桌面的影子已经纹丝不动了。厂长凑上前，对老丁耳语道："一会儿我再劝劝他。"老丁接着说："公平？我这把年纪的人，难道不知道什么是公平吗？不公平，这个时候我还搞什么考评？我不会泡杯热茶，清闲清闲吗？"说完，拂袖而去。

上车后，老丁回头瞟了一眼。大超居然站在车后，嗫嚅着嘴,像是有话要说。那一刻,老丁还看到他眼里蒙了层薄薄的水雾。老丁心软了,想跟他絮叨两句,司机已经踩着油门,驱车离去。

4

返回公司,老丁让办公室再催催各部门交表。过了一小时,主任跑来说:"只收到一份大超的。"老丁心里的石头咚地落地。他决定改变计划,马上加班召开经理会。

会上,老丁坦言了杨局给予的支持和"叮嘱",然后列出这次转正的理想名单:大超,福祥,外加杨丽。老苏抹抹头说:"杨丽我赞同,但建议把大超换成周大爷的儿媳妇。"老丁瞬间反应过来,老苏就是周大爷在位时提携的,后来才升任副总。老马点头说:"我也赞同换掉大超!"然后报出另一个名字,这人正是驿马渠管理处的关系户。老丁彻底蒙了,感觉仿佛遇到了人贩子,还被猛拍了一砖头。他耐着性子,动之以情、晓之以理地劝说,苏、马两人依旧固执己见。老丁怒火一涌,甩袖走人了。

下班的路上,老丁消了些气,又想起大超,想起自己威风凛凛、煞有介事地训诫他的样子,心里顿感羞愧和歉意。对啊,下午的时候,大超好像有话对我说?想到这里,老丁让司机转向,直奔水厂。可大超今天不值夜班,老丁马上联系大超，说想约他一块聊聊。电话那头微颤着声音说："好……丁总，您还没吃晚饭吧……"老丁哪来的什么胃口啊，打断道："早吃过了。这样吧，就在你家附近，陪我散散步。"

到目的地，大超早站在屋檐下等着。老丁跟他边走边谈，谈的都是不痛不痒的工作琐事，始终没绕到"正事"上来。沿田坎走了一大圈，快折回屋檐下时，木窗吱嘎一声开了。循声望去，老丁心一炸，如同挨了个晴天霹雳。他看到大超的老婆了，她靠在窗边，嘴角斜拉着，脸跟水泥一样僵硬。看到老丁后，她惊慌地关上了窗户。老丁好一会儿才回过神来。大超解释："我老婆得了脊髓性肌肉萎缩症，看过好多大夫，没得治，只能吃药维持……"

老丁腮帮颤几下："大超，当我是领导的话，之前咋不吱个声？"说完，想起之前大超提及过他家人生病的事，心里一下泛起酸来。

大超说："丁总，谢谢您的关心，谢谢您对我的认可。我想……转了正，以后的日子会越来越好的。"

这句话像鞭子，猛抽了老丁一下。

半晌，老丁说："知道知道，我记心上的。"

不等大超接话，老丁告辞了。但老丁能感觉到大超在目送他，那目光里肯定充满感激和期待。他脚步不由凌乱起来。等心情平静后，老丁火气又上来了。他决定取消杨丽，同时邀请职代会成员参会，共同评选。他相信，只要公平选择，自己的理想名单就能变成现实。杨局那边，等自己退休后，再向他负荆请罪吧。

这样想着，晚上睡得比往天踏实了不少。

天刚亮，老丁就起床，让办公室通知职工代表参会。到了单位，主任却跑来说："丁总，刚才县委来电话，说有急事找你。"这一去，老丁挨了个晴天霹雳。原来，部分合同工拒交资料，本意是想让这次考评夭折，但没想到老丁坚持要弄，所以他们就联名请求上级组织派人监督考评的全过程。

老丁被问了半天话。

临走前，领导说："老丁，员工还是很温和的，无非提了一个请求啊。您……哎，您是好心没办成好事呀。"老丁眼睑跳两下，咬牙说："领导，放心，这次的合同工评选，我一定会秉公决策，给员工满意的交代！"

回到单位，领导给他打来电话说："老丁，现在的首要任务是确保过渡期的稳定。考评的事，等下任领导认真调研，完善制度后再开展吧。对了，刚才给国资局的杨局沟通了一下，他也是这意思。"

挂断电话，老丁愣了半响，突然哑然一笑，眼里有些润润的感觉。

5

合同工考评的闹剧,很快传得沸沸扬扬。不久,戚总来了。老丁回局里继续喝清茶。因为他只是短暂代理,也就没有被写进"汤汤水命,大余治水,张冠李戴,戚开得胜"的供水"史诗"里。

仲夏时分,老丁正式退休。他开始每天傍晚散步。那天回来,他突然听到厨房有响动,扑棱扑棱的声音。家里人解释说:"是大超啊,又送来一大篓鲫鱼。他说是自家养的,但我还是没敢收。他坐了一会儿,非要留下几条鱼,在厨房的水盆里养着呢。"老丁急步走到厨房。鱼儿听到响动,又扑腾几下。老丁推开窗户,眺望远处,心里涌上莫名的幽寂感。

老丁好几次想打探大超转正的事,终究作罢。直到几年后,他无意中听到水公司改革的事,听到大超已经离开公司,大超的老婆也离世了。老丁这才知道,原来他是第一个知道大超老婆生病的人。老丁懊恼地想,当初怎么就忘了给戚总反馈大超的家庭困难呢?要是提早沟通,大超的命运会不会不一样呢?

这样想了一整天,晚上老丁梦到大超。他忙问:"大超,你还好吗?"没回应。老丁脑子里又咚咚当当地响起来,清脆,明亮。